ツグナヒ
TSU・GU・NA・I
ブルーゲイル　原作
大倉邦彦　著
鋼丸　原画
PARADIGM NOVELS 77

登場人物

櫂崎諒一《かいさきりょういち》

　主人公。平凡なサラリーマンだったが、妹が暴行事件に巻き込まれたことで人生が狂い始める。

櫂崎《かいさき》奈々《なな》　諒一の妹。両親を早くに事故で亡くし、今は諒一と二人で暮らしている。

及川《おいかわ》佳奈美《かなみ》　葵の親友。引っ込み思案で、おとなしい少女。

円城寺《えんじょうじ》ナツキ　葵の妹。何事にも反抗的な態度を見せる。

円城寺《えんじょうじ》葵《あおい》　クラス委員の優等生。妹のナツキとは仲が悪い。

情報屋　奈々が事件に巻き込まれた顛末を知る、謎の男。

串田《くしだ》茗子《めいこ》　瑠璃子の親友。一見楽天的な性格に見えるが…。

西条《さいじょう》瑠璃子《るりこ》　わがままなお嬢様。諒一をよく思っていない。

第一章　奈々

第四章　ナツキ

目次

プロローグ

「な、なにをするの。いや、きゃー」

瑠璃子《るりこ》は薄いブラウスを引き裂かれて、鋭い悲鳴を上げた。華奢《きゃしゃ》な肩のあたりや、白い乳房のふもとが見えるビスチェがあらわになる。透けるように白い皮膚から、かすかに甘い体臭がたちのぼり、諒一《りょういち》の鼻腔《びこう》を刺激する。

乳房は細い身体に似合わず、大きく豊かに発達している。とても少女の身体とは思えない、充分に男の性欲を刺激する色気を発散している。

「いや、先生。私が誰だか分かっているの。あまりふざけた真似《まね》すると、お父様に言って痛い目にあわせてあげるわよ。学校にいられなくしてあげるから」

言葉の上では強気な姿勢を崩さないが、目が恐怖で不自然につりあがり、顔面は蒼白《そうはく》だ。

諒一は、ソファに瑠璃子を押し倒すと、その髪をつかんで、ぐいと顔を上げさせた。

「きゃぁぁぁ！　痛い、痛い。やめてよ」

瑠璃子の悲鳴が、広間にうつろにこだまする。

「もっとわめけよ。どんなにわめいたっていいんだぜ。どうせこんな人里はなれた別荘には、誰も助けに来てくれるわけはないしな」

「あなた、教師でしょう？　なんのつもりなのよ。こんなことして。ここには勉強のために来るんだって言っていたじゃないの」

諒一は、口をゆがめて残酷な笑いを浮かべた。

プロローグ

「教師だって？　そうさ、お前に人生の苦しみを教えてやることのできる教師だよ。俺はな、お前たち五人の女生徒を犯すためにここに連れてきたんだ」

諒一の言葉を聞いて、瑠璃子の目が驚きのあまり、大きく見開かれる。

「私たちを？　襲うために…ここに…連れてきたんですって……」

声が震えている。細い形のよい腕から、あらがう力が消えていく。突然肩や膝《ひざ》もがくがくと震えだした。おびえた小動物のような目で、諒一のことを見ている。

「なぜ、なぜなの？　なぜ私たちがこんな目にあわなければならないの。先生は、学校では厳しいけど、きちんと授業をするまじめな人だと思っていた。それなのに、私を犯すだなんて。信じられない。なぜ、なぜなの？」

「理由は後でゆっくり教えてやるよ。知らないほうがよかったと思うかもな。だが、俺は狂ってもいないし、お前を犯す権利があることだけは言っておこう」

諒一はそう言うと、左手で瑠璃子の髪をつかんだまま、右手をビスチェの中に滑り込ませた。弾力のある乳房をぎゅっと握り締め、乳首を思いきりつねり上げた。

「きゃぁぁぁぁ！　やめて、やめて、お願いだから。他のことならなんでも言うことを聞きますから。こんなことするのはやめて」

息もたえだえの状態で、ふだんはお高くとまっている瑠璃子が哀願する。

「どんなことをこれからされるのか、分からないほどうぶじゃないよな。お前にはそうされるだけの理由があるんだ」

「だからそれってなんですか。教えてくれれば、私、先生のためになんでもします」

諒一は声を上げて笑った。酷薄な笑いに、瑠璃子が身体をこわばらせるのが分かる。

「教えてやるよ。俺がうんと楽しんだ後にな。その前にやることがたくさんあるんだ」

突然瑠璃子が、諒一の手の甲を鋭い爪《つめ》で傷つけた。派手なピンクのマニキュアに、諒一の血が飛び散った。

「そうこなくちゃ。こっちも犯す楽しみがない。せいぜい抵抗してくれよ。そのほうが俺もやりがいがあるっていうものだ」

瑠璃子が悔しそうな顔でこちらを見ている。校内でもとびきりの美女と言われることだけのことはある。こんな時でも、ついうっとりと見とれてしまいそうな整った顔立ちをしている。

「ほら、逃げろよ。俺なんかに犯されるのはいやだろう？」

「最低っ……」

諒一は、自分に向かって呟《つぶや》いた。最低だって？　これは復讐《ふくしゅう》なんだ。なんと言われようとやり遂げてみせる。すでにこの別荘は完全に封印してある。脱出は不可能だ。

別荘の中を逃げようとして、あちこちに隠れている瑠璃子を捜しだしては、逃がしてやる。諒一はしばらく、残酷なハンティングに没頭した。希望を少しずつ奪っていくことで、

プロローグ

瑠璃子の精神を極限まで追いつめてやるのだ。安堵《あんど》と恐怖が繰り返し襲いかかるとどんな人間でも錯乱してしまう。

「いよいよ、始まりのようだね。瑠璃子お嬢様。他のお嬢様たちは、恐怖のあまり自分の部屋に入ったきりだ。この広間にはわれわれしかいない」

諒一はいきなり、瑠璃子の細い肩をつかみ、ビスチェを思いきり引きちぎった。

「きゃあ、いやあー」

瑠璃子が絶望の声を上げる。大きな真っ白い乳房が、諒一の前にブルンとはじき出された。諒一は瑠璃子を床に押し倒した。

「はなして。こんなことしていいわけないでしょ。理由もなくなぜこんなことするの？」

「理由はあると言っただろう。だがいい。今のお前にできることは、せいぜい痛みに耐える心の準備をすることぐらいかな」

諒一は指の跡が残るくらい乱暴に瑠璃子の乳房をもみしだく。瑠璃子の乳房はしっとりと汗ばんで、指に吸い付いてくるようだった。指先で乳首をつまんで、ひっぱったりつねるようにしてもんでいると、小さかった乳首が少しずつ固く勃起《ぼっき》してくるのが分かる。

「いたあい、痛い！」

瑠璃子の声を無視して、乳首をころころ舌の上で転がしたうえで、きつく歯を立てた。

「ひどい。やめて。ひっ！」

「これくらい我慢しなけりゃな。これからもっと苦しむんだからな」

「や、いやぁぁぁ、お願い。痛い。ひぃぃぃぃぃ……」

諒一は瑠璃子の膝を乱暴に足で割って、強引に股《また》を開かせた。スカートを焦《じ》らすように少しずつたくし上げると、瑠璃子の顔が羞恥《しゅうち》で赤く染まっていくのが分かる。パンティに手をかけると、悲鳴が上がった。

「いや。それだけはやめて。お願いです。先生、先生！」

「俺に教師の良心をよみがえらせようとしても無駄なことだよ」

諒一はそう冷たく言い放つと、ぐいっとパンティを膝まで下げる。瑠璃子はもう声も出ないようだ。薄いやわらかな陰毛から、ピンク色をした淫裂《いんれつ》がはみ出している。いやらしい光景だった。

「お前のあそこはとてもきれいだな。これからがお楽しみだ」

むき出しになったクレバスの入口に、諒一の指先が淫靡な動きを繰り返す。やがて淫裂を割り開いて、蜜壺《みつつぼ》の入口をさすり始める。瑠璃子の身体がピクンと反応する。

「うっ、ひっ、やめて……お願いだから……」

「もう一回言ってみな。お前の身体はなんだか違うことを言っているようだぜ」

微妙な肉襞を指で探りながら、ひときわ敏感な突起を探し当てると、諒一はこねまわすようにこりこりと執拗《しつよう》な愛撫《あいぶ》を加えた。

「ひ……っ、あ……っ、う……！」

瑠璃子の声が高くなってきた。腰が微妙にうねり出している。若芽をおおっていた薄皮がはがされて、薄く充血したきれいな突起が現れた。諒一が唾液《だえき》をつけて、つまむようにもみ始めると、瑠璃子は耐え切れぬように背を弓なりにそらせてのけぞった。

「そこは、いや、いやぁ。んぅっ……んっ」

瑠璃子は甘ったるい声を漏らして、喘《あえ》ぎ始めていた。突き上げてくる官能の甘美な誘惑には逆らえないらしい。焦点を失ったとろんとした目で諒一を見ながら、身体をいやらしくくねらせてもだえ始めた。

「おねが……だから……やめ…」

「言ってることがよく分からないな。はっきりと言うんだ。気持ちがよすぎて気が狂いそうですってな」

すでに瑠璃子の粘液でぐちゃぐちゃに濡《ぬ》れた指を、諒一は思いきり秘裂の中に突っ込んだ。淫猥な眺めだった。ぬちゅ、ぬちゅ、ぬちゅ。校内でも有名な美少女の股間《こかん》から、その音は聞こえてくるのだ。さらに、蜜壺の中の構造を確かめるように、中指を一本加えて、奥深くまで刺し貫いた。

「ひいぃぃいぃ、いや……」

羞恥の念に耐え切れぬように瑠璃子は声を漏らすが、もうすでに意味のある明瞭《めいりょう》な言葉を発するには、意識が官能世界に入りすぎているのだろう。

「お前の親父がこんな姿を見たらどう思うだろうな？　案外喜んで見るかもしれないぜ」

愛液まみれの指を瑠璃子の頬《ほお》になすりつけながら、諒一は耳元で囁《ささや》いた。ふたたび乱暴に指でなぶりつづけていると、瑠璃子が突然叫んだ。

「痛いっ！」

どうやら瑠璃子の純潔のしるしを少しばかり傷つけてしまったようだ。瑠璃子は泣きそうな声を出している。

「静かにしろって。お楽しみはこれからだ。これぐらいの痛みなんか忘れてしまうような思いをさせてやるからな」

諒一はズボンのファスナーを下ろし、もう熱く天を突いて隆々とそそり立つペニスをむき出しにした。身をよじって逃れようとする瑠璃子を両手で押さえつけ、膝で股を割ると、諒一は怒張しきった先端を瑠璃子の膣《ちつ》の入口に当てた。

「いや、やめて。やめてよ。いやぁぁぁぁ！」

瑠璃子はこれからなにが自分の身に起きようとしているのかを、明確に認識していた。

諒一は、瑠璃子の絶叫を楽しげに聞き流しながら、まだ誰も受け入れたことのない甘美な狭い洞窟《どうくつ》に、ペニスをゆっくりと入れていく。先端がピンクの陰唇を無惨にめくりあげるのを眺めながら、瑠璃子の顔を楽しげに観察する。

「う、痛い、痛いっ！」

膨れ上がって容量を増した諒一の男根が、処女のしるしである弾力に満ちた抵抗を受けた。諒一は軽く腰を引いてから思いきり腰を打ちつけて、いっきに瑠璃子の奥深くまで貫こうとした。

「きゃあぁぁぁぁぁ」

瑠璃子の大きな黒目がちの美しい瞳から、涙がぼろぼろと流れている。本能的にだろうか、諒一の肩に爪を立てて、身体を押し戻そうとする。

諒一はもう一度根元までねじ込んだ。今度は確実に純潔のしるしを裂いた感触があった。瑠璃子の瞳が絶望と苦痛と恐怖で大きく見開かれる。驚きから解放されると、瑠璃子に肉体的な苦痛が押し寄せてきた。

「いたぁぁぁっ。痛い！　痛いっ！」

瑠璃子は狂ったように頭を振り、ものすごい悲鳴を上げる。なんとか逃れようと、必死にもがくが、諒一の肉棒は、狭い秘所にがっちり食い込んでいるので、苦痛が増すばかりだ。諒一はゆっくり怒張を抜いてみた。瑠璃子の淫裂から、細い血の糸が一筋流れ出している。諒一の顔に、満足そうな笑みが浮かんだ。

「あんまり大きな声を出されると、他のお嬢様にいらぬ恐怖を与えることになる。パンティを自分で取れよ」

瑠璃子は案外素直に足首から下着を取って、ぐったりと横たわった。諒一はそれを拾い上げると、瑠璃子の口に強引に押し込んだ。

「げほ、苦しい。く、苦しい」

瑠璃子はくぐもった声で、よわよわしく抗議した。自分の下着を咥《くわ》えるという屈辱感からだろう、嗚咽《おえつ》を漏らし始めた。諒一の手が瑠璃子の頬に飛ぶ。

「わめくんじゃない。他のお嬢様に知られると困るんだろう？　大人しくしているんだ。殴られたことなんかないと言いたいんだろう？　だが、お前よりも、もっとひどい目にあわせられた人間だっているんだ」

「んっ……ううう……！」

瑠璃子の頬を大粒の涙が流れていく。一瞬、諒一はその美しさに見とれた。だが思い出したように抽送を開始した。

「んぐう、むう、うっ、ぐっ」

狭くて固い膣壁が、男根を押し戻そうとするかのように強く収縮する。その感触を楽しむかのように、諒一は腰をグラインドさせた。瑠璃子の両足を抱え込むようにして徐々にスピードを速める。

「ああっ、ああっ、うううっ、んっ」

瑠璃子は嗚咽をもらしながら、固く目を閉じている。破瓜《はか》の血と滲《にじ》み出した愛液がまじりあい、だんだんペニスの動きがスムースになる。ぬぷ、にちゃ、にちゃ。

「ほら聞こえるだろう。お前のあそこが俺の物を咥え込んで喜びの音を出しているんだぜ」

瑠璃子の形のよい唇から、苦痛の声が絶え間なく漏れてくる。

「そろそろ出すからな。ふふ、もう聞こえていないか」

瑠璃子は最後の力を振り絞るようにして目を開いた。必死の形相で首を振る。諒一はその凄惨《せいさん》な美しさに陶然として、暴発しそうになった。しかし直前にするりとペニスを引きぬき、瑠璃子のお嬢様然とした顔めがけて、どくどくと精液をぶちまけた。

「汚れてしまったな、お嬢さん」

諒一は自分の言葉が、瑠璃子に与えるダメージを楽しむかのように言った。それから瑠璃子の口から下着をもぎ取り、血と粘液にまみれたペニスをたんねんに拭いた。

「もう、これで……終わりなの？」

そう問いかける瑠璃子に、諒一は汚れたパンティを放ってやった。背中を向けて下着を着ける瑠璃子の姿には、やっと解放されるという安堵感がにじみ出ていた。

諒一は胸の中で呟いた。これで終わりなんかじゃないぜ。壊れるまでやられたんだ、俺の大切な人間は。これは復讐なんだ。

「さあ、俺についてこいよ、続きをやるからな」

恐怖にこわばった瑠璃子の顔を見て、諒一は陽気に笑いかけた。

第一章　哀しき玩具

少女は重い買い物袋を下げてバスを待っていた。内心、買い物をしすぎたことを後悔しながらも、今夜の計画で心がはずんでいる。女として開花する直前の初々しさが匂《にお》うような美少女だ。清潔そうなセーラー服から、すらりとした足が伸びている。今日学校で、例によって男子生徒に告白された。

「櫂崎奈々《かいさきなな》さん、あの、あの、前から憧れてました。つ、付き合ってください。お願いします」

その男の子は、奈々も気の毒になるくらい緊張していた。膝《ひざ》がぶるぶる震えているのが分かる。奈々は明るい笑顔で答えた。

「ごめんなさい。私には、彼がいるの」

「そ、そうですか。失礼しました」

彼はそう言うなり、真っ赤になって駆けて行った。奈々にとってこういうことは珍しいことではなかった。しかし、奈々はひそかに胸の中で答えるのだった。私の恋人はね、一人しかいない。それはお兄ちゃん。大好き！

今日は奈々の誕生日だった。今年の春、大学を卒業してコンピュータ関係の会社で働き出した兄の諒一も、今日は早く帰ってくると約束してくれた。おいしい物をたくさん作って、二人きりでお祝いするのだ。両親のいない奈々にとっては、諒一は兄というより、恋人と言ったほうがぴったりする存在だった。

「やっぱり、ちょっと買い過ぎたかなあ。お兄ちゃん、あんまり食べるほうじゃないし。でも今日は特別な日だし、ね」

　奈々は荷物を見ながら、うれしそうに呟《つぶや》いた。

「それにしても、お兄ちゃんたら、私の誕生日どころか、自分の誕生日も覚えてないんだもん。彼女できたら、大変だろうな。彼女のほうが苦労しそうだもんね」

　兄の彼女。奈々はそういう存在を考えるたびに、言いようのない寂しさにとらわれるのだった。ずっと兄の世話を焼いてきた自分の役目をとられてしまうのは、考えただけでも気のめいることだった。


　あたりは急に暗くなってきた。秋の落日は早い。郊外に急速に広がった住宅地であるこの周辺は、日が沈むと人の気配がなくなってしまう。バス停から少し離れた所に立っている男に、奈々が気づいたのはその時だ。

　バスを待っているふうでもなく、人待ちしている様子もない。奇妙な男は、ちらちらとこちらを窺《うかが》っているような気がして、奈々は胸騒ぎを覚えた。あえて男を無視するように背を向けた瞬間に、ちらりと顔が見えた。どことといって特徴のない中年男だったが、目だけが爬虫類《はちゅうるい》のように光っていて、なにかいやな気がした。

　奈々は腕時計をのぞいた。男の足音を聞いたとき、不吉な予感が頭をよぎったが、それもあまり切迫したものではなかった。奈々は相変わらず、今晩の献立を考えるのに夢中だったのだ。

男の手が後ろから急に伸びてきて、奈々の身体の自由を奪おうとしたとき、はじめて奈々は本物の恐怖を覚えて、助けを求めて叫ぼうとした。

「な、なに……、なにを……っ…」

男の手はすばやく奈々の口をふさぎ、逃れようとする奈々の両手を後ろにねじり上げた。すさまじい力に、奈々は本能的な恐怖を覚えて立ちすくんだ。

持っていた荷物が、地面に落ちてぐしゃっといやな音を立てる。

男はくさい息を吐きながら、奈々に向かって一言だけ言った。

「あんた、運が悪かったね」

奈々は、誰か助けてくれないかと思いつつ、周囲を見まわしたが、運の悪いことに誰もいない。男はそんな奈々の気持ちを知ってか知らずか、駄目を押すように言

った。

「まあ、あきらめなよ。世の中こういうこともあるってことで」

まだ事情がのみこめずに暴れる奈々の身体を裏返すと、男は無機質で金属的な笑い声を上げた後で、奈々の腹を殴って、一瞬にして失神させた。

奈々は薄れゆく意識の中で、兄の名を呼んだ。

「お兄ちゃん、助けて。あたしどうなるの？　助けて、お兄ちゃん……」


奈々の意識は戻りつつあった。ほの暗い部屋の中で目を覚ますと、むきだしのコンクリートの天井が見えた。新しい建物特有の独特の匂いがする。

「またお兄ちゃん、仕事で遅いのかな。ああ、今日は奈々の誕生日なんだ。早く帰って、料理の下ごしらえしなきゃ」

奈々はぼんやりとした頭で考えていた。だが、セーラー服を通して伝わってくる床のコンクリートの冷たさが、徐々に奈々を目覚めさせつつあった。

身体を起こそうにも、なぜか起きあがれそうにない。

「えっ……？」

奈々は絶句した。手首と足首が縄できつく縛りあげられている。どういうことなのか、しばらく奈々には呑《の》み込めなかった。それから見知らぬ男に襲われたことを思い出すと、奈々の身体を戦慄《せんりつ》が走った。

「気がつきましたか？」

品の良い中年男性の声が聞こえた。声のしたほうへ目を凝らして見たが、何人かの男たちがいるのがわかるだけで、顔は見えない。ただ、好色な視線が自分を舐《な》めるように見つめているのが分かる。誰？ 誰なのかしら？ 奈々には見当もつかなかったが、まるで見世物小屋に居るような気がしていた。

「手荒なまねをしてすみませんでした。もっと女性の扱いを知っている部下を送るべきでした。部下の代わりに私が謝罪させてもらいますよ」

先ほどの紳士のような口を聞く男の声だ。まわりの男たちが、くぐもった笑いを漏らす。奈々は男たちが、観客席から自分を見つめているつもりなのに気づいていた。

突然別の男がしゃべり始めた。しゃがれ声の上に、あまり品のよくない口のききかたをする。

「なあ、今夜のオモチャってこれか？ 小便くさいガキじゃないか。あんなガキの白黒ショーを観にこんなとこまで連れてこられたのか？」

別の声が答える。猫撫《ねこな》で声が薄気味悪く、奈々は恐怖よりも嫌悪を覚えた。

「誰の手垢《てあか》もついていないオモチャで遊ぶのは、それなりに趣があるものですよ。特にこんなきれいなお嬢さんはね」

「オモチャ、オモチャって、あまりそのお嬢さんの人格を尊敬していない言い方ですね。私たちの人格まで疑われてしまいますよ」

　穏やかな声で応じたのは、明らかに最初の男とは違う人物だった。声から判断すると男たちは四人いるらしい。四人目の男が言葉を継いだ。

「泣き叫んでくれるぶん、ただのオモチャよりマシじゃないですか」

　奈々は混乱の中で、必死に自分の置かれた状況を把握しようとしていた。

「あ、あなたたちは、いったい誰なの？　なんで私をこんな目にあわせるの？　なんで、なんで……」

　恐怖と混乱で言葉がこれ以上でてこない。ひとしきり男たちの下卑た笑い声が響いた後、四人目の男が丁寧な口調で答えた。

「ただのゲームですよ」

「ゲームですって。そんなことと私がどんな関係があるの？」

「そうですね。説明してみましょう。私たちのように地位や名誉に恵まれた人間は、ふつうの人の何倍ものストレスにさらされるんです。まあ、あなたに言っても分からないでしょうがね。どこに行っても、人の目を気にして紳士的に振舞わなきゃいけない。もう、ふつうの方法ではとてもストレスを解消できなくなってしまったんです」

　紳士風の男が続けて答えた。

「クラブに通うのも、世話された女性を抱くのも、遊びとしてはあまりに陳腐でね。渋谷あたりをうろうろしている女の子は、慎みというものがまるでないし、高い金を出して女優を抱いても退屈するばかり。飽きた。本当に飽きたんです。女の顔に金のためならなんでもすると書いてあるのが分かるんですよ。そこでもっと刺激的なゲームを始めざるをえなかったんです」

奈々にもぼんやりと男たちの意図がわかってきた。

「お嬢さん、私の声が聞こえているんですか？」

奈々は声も出ない。これが現実に起きていることとはどうしても信じられない。さっきまで兄と祝う自分の誕生日の献立を考えていたのが、嘘《うそ》のようだった。

「聞こえているなら、返事をしろ！」

男の口調が突然変わった。それがゲームの始まりの合図のようだった。乱暴な口をきく男がつかつかと歩いてきて、いきなり奈々の頬《ほお》を思いきりなぐった。口の中が切れて、錆《さ》びた鉄のような血の味が、奈々の口の中に広がっていく。

奈々が悲鳴を上げると、それがさらに男のサディスティックな感情を刺激したらしい。

「聞こえているのかって、聞いているんだよ。お前は俺たちの言葉も理解できないほどのアホか？」

「まあまあ、こんな子供相手に乱暴するのは感心できませんねえ。もっとやさしく扱ってあげないとね」

「そうそう、この前みたいに顔がぐちゃぐちゃに壊れちゃ、楽しめないでしょう」

猫撫で声の男が近づいてきて、奈々の顔を舐めまわし始めた。生臭い唾液《だえき》と、煙草《たばこ》の匂いの混じった息がひどく不快で、奈々は顔をそむけて逃れようとした。

「そのいやがる表情がいいですね。汚れを知らない天使が壊れていくのを観察するのは、芸術作品の鑑賞にも匹敵しますね」

奈々は頬を流れる涙もぬぐえずに、必死で嘆願するしかなかった。

「私は、こんなことをされる覚えはないわ。お願い、おじさんたち。私を帰して。お願いだから」

「残念ですが、あなたを帰すことはできません。今日あそこを歩いていたのが不運だったとあきらめてください。われわれが、あなたに飽きれば解放してさしあげますから」

最初に口を開いた紳士風の男が、奈々を諭すように話しかけた。口をはさんだのは、乱暴な口調の男だった。

「それにしてもいいのかよ？　ばれたら選挙の結果に響くんじゃないのか？」

「子供一人いなくなったところで、私となんの関係が証明されるというんですか」

「聞いたかよ、お嬢ちゃん。警察も俺たちの味方らしいぜ」

奈々は自分の身になにが起きるのか理解し始めていた。彼らは冗談を言っているのではない。社会的な権力を利用して、好き勝手に自分たちの欲望を満足させようとしているのだ。狂った男たちの集団だった。

四人目の男が鞄から、小さな瓶を取り出した。

「性器が未発達だと、痛みがあってかわいそうですからね。そこに入れるときには、これを塗ってあげますからね。効きますよ、これは。十八の子でも、半年もしないうちに、こぶしがズボっと入るようになります。粘膜からの吸収は速いですから。とりあえず縄を解いてあげましょうか」

男はそう言うと、メスを奈々のパンティに当てて、綺麗《きれい》につつっと切り裂いた。奈々のまだ誰にも見せたことのない部分が、男たちの目にさらされる。奈々はあまりの恐怖に歯の根が合わず、がたがたと震えた。

「ああ、動かないで。手元が狂うと、あなたのお腹がザックリ切れちゃいますから」

「ひいっ。助けてください。お願いです。なんで、なんで私がこんな目に……」

奈々の股間《こかん》から漏れ出した小水が、みるみるうちに床に水たまりをつくっていく。

猫撫で声の男が、奈々の股間に顔をうずめて、ちろちろと舐め始めた。いやらしくうごめく舌の感触に奈々は嫌悪の表情をあらわにした。

「ひっ、いやだ。気持ち悪い。もうやめて」

「はぁ、はぁ、気持ちがいい。いいねえ、夢みたいだ」

男は恍惚《こうこつ》として、自分の股間をまさぐりながらズボンのファスナーを下げて、赤茶色でてらてら光るペニスを引き出した。乱暴な口をきく男がさもおもしろそうに言った。

「ほら、手伝ってやるよ。やりたいんだろう？ 小便くさいガキとよ。まったくあんたも変態だなぁ。処女のもんだったら、小便だって舐めるんだから。ほら、いつまで舐めてんだよ。そろそろ本番始めようぜ」

「ほん…ばん…？ 本番てなにするの？ おじさんたち奈々になにをするつもりなの？」

奈々の無邪気な問いかけに舐めている男は答えない。乱暴な男の方が、奈々のそばに来て、髪を鷲《わし》づかみにして顔を上を向かせてから、思いきりつばを吐きかけた。

「お前の小便くさい肉の割れ目に、俺たちのおっきな奴をぶち込んでやるのさ。ヒイヒイ言ってよがるまでな」

男たちが奈々のそばに集まってきたのが分かる。彼らにとっては、奈々の反応のひとつひとつも「遊び」の一部なのだろう。乱暴な口をきく男が、後ろから奈々の小さな乳房をもみあげる。

「我慢しろや、お嬢ちゃん。俺もな、お前みたいなガキの乳いじくったって、楽しくもなんともないんだ」

「いや、痛い。痛いよー。やめてお願いだから」

奈々は思わず叫んでいた。

「助けて、助けて、お兄ちゃん……！」

　奈々は思った。こんなときにどうして奈々を守ってくれないの？　奈々は変な人たちに捕まって、こんな目にあっているのに。お兄ちゃんたら、どこにいるの？

「ひどいお兄さんですね。こんなときに助けに来てくれないんですから」

「大声で叫べば、助けに来てくれるかもしれないぜ」

「あなたがここでわれわれに犯されても、誰も気にもかけませんよ。それが世の中なんです。私たちのような人間に逆らおうとする人間はいませんよ」

　男たちは、それぞれに勝手なことを言う。

　じたばたともがきながら、涙で頬を濡《ぬ》らす奈々を見ながら、例の乱暴な口をきく男が言った。

「なあ、さっきも言ったけど、俺はあんたみたいな小娘には興味はないんだけどよ、たまにはいいかもしれないな」

　そう言うといきなりファスナーを引き下げて、コーラ瓶のように太い肉棒をむきだしにした。

「さあ、根元まで咥《くわ》えるんだ。喉《のど》の奥までしっかりとな」

「んぐっ、はあっ、ん、んん……」

　奈々は喉元までペニスを突っ込まれてうめき声を上げた。自分に起きていることが現実だとは思えなかった。だが、口の中でどくどくと脈打つ男の性器の存在は、まぎれもない現実だった。得体の知れない恐怖心が、身体の底から湧きあがってくる。

「可愛《かわい》いうめき声ですね。それじゃ、私も参加させてもらいましょうか」

奈々はその男がいちばん最初に口を開いた男だということに気づいた。この中では紳士的な部類の人間だ。狂いそうな頭の中で、奈々は男があまりひどいことをしないようにと祈った。

しかし、期待は見事に裏切られた。男はすでに裸にむかれた奈々の身体を、強引に引っくり返すと、こともあろうにアヌスに指でマッサージを加え始めた。奈々はおぞけをふるった。いったいなにをするつもりなのだろうか。口はいっぱいにほおばっているので、言葉を発することができない。ようやくペニスを口からはずすと、奈々は絶叫した。

「お尻の穴に触らないで。き、気持ち悪い。そこだけは許してください。イヤー」

奈々は尻を振りながら、なんとか男の手から逃れようとした。

「こんな所を使うなんて知らなかったでしょうね。でもここは病みつきになりますよ。ちょと痛いかもしれませんが、我慢していい声で泣いてくださいよ」

奈々の小ぶりな尻が無理やり押し広げられ、熱く脈打っている先端がアヌスにあてがわれるのが分かった。次の瞬間、頭の中に火花が飛び散ったような気がした。痛みというには、あまりにおぞましい感覚だった。ぐいぐいと容赦なく太いものが入ってくるのが分かる。奈々は、直腸が切れて、内臓がぐちゃぐちゃにされたような気がしてきた。

「ん、んん、ぐふ……ん……」

奈々は、もう自分の身体がどうなっているのか分からなくなっていた。

「おいおい、咥えているだけじゃ、駄目だぜ。もっと奥まで入れて、舌を使うんだ」

乱暴な口調で男は奈々をさらに責めたてる。頭を抱えられてペニスを奥の奥まで入れられると、奈々は吐き気を覚えて、涙がとめどなく流れる。

「それじゃ、アヌスの中で少し動かしますよ」

奈々の後ろに回った男は、菊座に挿入したペニスをゆっくりと動かし始めた。鮮血が、奈々のアヌスから流れ出して、太ももを伝って落ちていく。奈々は気を失いそうな痛みの中で、咥えていた男のペニスを思わず噛《か》んでしまった。

「いてえ！」

咥えさせていた男は、怒りの発作に駆られたように、奈々の頬を殴りつづけた。肉を打つ鈍い音がコンクリートの部屋に響き渡る。奈々の頬がみるみる腫《は》れあがっていく。

「噛みやがったんだぜ。ガキのくせに俺のものを。この畜生は」

男の先走り液と唾液にまみれて、ぐしゃぐしゃになった顔で奈々は泣きじゃくった。

奈々の頭の中で、思いが交錯する。なにも悪いことしてない私がなぜこんな目にあわなきゃならないの。ねえ、お兄ちゃん、こんなことってほんとにあるの？

「おやおや……かわいそうに、ね」

奈々の腰を抱えている男が、楽しそうに笑う。奈々の裂けた肛門《こうもん》からの出血と、男の先走り液で、だんだんと動きがスムースになってきていた。

「痛い、痛い。大きすぎる。抜いて、抜いてぇ！」

男は奈々の絶叫を聞くのが楽しいらしい。わざわざ先端が抜けるくらい引き抜いておいて、いっきに根元まで突っ込む。奈々の秘肛は、度重なる陵辱で無惨に傷つけられている。恥ずかしさと痛みで、いまや気も狂わんばかりに身体をよじって悶《もだ》える奈々の姿を見て、男は射精の瞬間が近づいたらしい。

「ぐう、い、いきますよ。あなたの尻の中に出しますよ」

ビクンビクンという、脈動が伝わり、熱い液体が腹の中に放たれるのが分かった。奈々は嗚咽《おえつ》を漏らしていた。屈辱感と恐怖がかわるがわる奈々を襲う。こんなことが続くのならいっそ死んでしまいたかった。

するりとペニスが、奈々のアヌスから抜けていった。

「ふう、よかった。よかったですよ。やっぱり格別ですね、尻の穴の締まりは」

うつぶせになったままの奈々の尻を革靴でけりながら、男は満足げに言った。

突然、ドアをノックする音が聞こえた。全員の顔に緊張が走る。

「誰だ。ここは誰も入れないはずだぞ。見張りを立ててあるし、第一このビルの所有者は、この私なんだから」

男の一人が、動揺を隠せない口調で言った。乱暴な口調の男が、それに答えた。

「俺が確かめてやるよ。運の悪い馬鹿野郎かもしれないじゃないか。それなら、始末しちまえばいい。下には、俺のところの若い連中が控えているからな。それにしても変だな」

そう言うと、その男はドアの所に向かって歩いて行った。

「誰だい、そこにいるのは？」

「俺ですよ。俺を忘れてはいないでしょうね。開けてくださいよ」

「ああ、お前か。なぜ突然こんな場所にきたんだね」

ドアを開けたが、男は中に入ろうともせずに話し続けた。

「いや、俺は見たくないんでね。ここで勘弁してもらいますよ。用事ってのは、この前あんたたちが壊してしまった女性の件で、急展開がありまして、お耳に入れておいたほうがいいと思ったんで」

「なんだ、なにがあったんだ。この前と言うと、そうか、あのウェイトレスの女か」

「ええ、急に正気に戻りまして、警察に駆け込んだんですよ。おまけに、あんたたちのことも調べ上げて、兄貴と一緒に刑事にあらいざらいしゃべったらしいんです。だけど、刑事のほうが困ってるんですよ。なにしろあんたたちが犯人だって言うんだから。すぐには信じられないっていうので、いったんは帰したそうです」

「そうか。よく知らせてくれた。こちらが早く行動を取れば問題にはならないと思うが、どちらにせよ、転ばぬ先の杖《つえ》だな。すぐに対処する。ありがとうよ」

「いいえ、お楽しみ中のところ、失礼しました」

突然現れた男は、奈々のことなどまるで興味を示さずに帰っていった。

「例の情報屋ですか？　あいつは役に立ちますね。警察内部の情報にもくわしいし、よく物事を分かった男ですね。ボーナスをあげなくてはなりませんよ」

別の男が携帯電話で話し始めていた。

「そうだ。その件だ。まさか、そんなくだらない女のたわごとを真に受けているんじゃあるまいな。ああ、そうしてくれ。ありがとう。この礼はする」

「どうやら、何事もなくすみそうですね。金で飼っておく人間としては、彼は最高の男でしょう」

「ああ、警察の方は心配ない。ゲームに戻るとしようか」

奈々は男たちの会話を聞いて、すべてが終わったように感じた。まだこの男たちにさいなまれるのかと思うと、生きた心地がしなかった。

奈々を殴りつけた乱暴な男が、奈々の身体を仰向けにさせる。コンクリートに身体がこすれて痛かったが、奈々は悲鳴すら上げられなかった。奈々の小水をうれしそうに飲み干した男が奈々の陰唇を指で広げようとする。

「きゃあぁぁ、いやぁ……」

ピンク色をした陰部をむきだしにすると、その男は奈々のそこに顔をうずめて、感極まったように叫んだ。

「処女だ、処女だ、処女だ。ああ、正真正銘の処女だ」

「好きなだけ突っ込めよ。やりたかったんだろ。ほら、誰も入れたことのない綺麗な穴だぜ」

他の男たちが、はやしたてる。奈々はもう抵抗する気力も残っていなかった。奈々のパンティを切り裂いた男が、先ほどの小瓶のふたを開けた。中に入っている薬は真っ白なクリームだった。

「ああ、すみませんがこれを使わせてもらえませんか」

男はニヤニヤ笑いながら、薬をたっぷりと指にとり、奈々の陰部に塗りこんでいった。

奈々は何かが自分の股間に塗り付けられているのは分かったが、それがどんなものかはまるで想像もつかなかった。

「な、な、なに、これ!」

突然体の中に生じた異様な感覚に、奈々は戸惑っていた。体中の毛穴が開いて、自分の身体が自分のものではないような気がしてきた。

「どうです？　効いてきましたか？」

口元に冷たい笑みを張りつけたまま、男は楽しそうに言った。

「なっ…なぁ…奈々に…なにをっ……？」

奈々の口はすでに回らなくなっている。今塗られた薬のせいだというのは明白だった。

「これ、ちょっとまずいんじゃないのか？　セックスが目的でこれをやると一生やめられないっていうじゃないか」

乱暴な口をきく男もさすがに心配そうだ。

「だから使ってみるんですよ。使い捨てのオモチャじゃなきゃ、試せませんものね」

「そうか。それじゃ、効果のほどを試してみようか」

男はそう言うと、無骨な手で花弁を開いて、肉襞の中に隠れている敏感な突起を探り出し、ぐりぐりと乱暴に愛撫《あいぶ》した。

「あっ…あ…あ…あ…」

奈々の腰がピクン、ピクンとはねる。奈々は思った。あの薬のせいだわ。恐い。私どうなってしまうの。

「ほらおめえのここ、もうこんなにぬるぬるになっているんだぜ。薬がよく効いているんだ」

そう言うと、無造作に淫裂《いんれつ》の中に指を押し込みぐちゃぐちゃと掻《か》きまわした。ふつうなら耐えられない刺激が、いまは甘美な感覚に化けている。奈々の身体が弓なりにそった。食いしばった歯の間から、途切れ途切れに声が漏れた。

「はっ…あぁぁ……うっ」

奈々の声には官能的な響きがこもっている。

「もういいだろ。さっさと入れちまえよ。指がふやけてきちまった」

処女に異様な興味を示す猫撫で声の男が、自慢そうに自分の太いペニスをしごいている。淫水焼けしたそれは赤黒く膨れ上がって、思わず顔を背けたくなるほどグロテスクな形をしている。

奈々は男の顔を見て、戦慄《せんりつ》を覚えた。情欲に狂った顔はみにくくゆがみ、瞳は異様な光を帯びて輝いている。

「この人まともじゃない」

奈々は胸の中で小さく叫んだ。頭は妙にさえわたっているのだが、身体の感覚がおかしいのが、奈々をおびえさせていた。それに加えて、乱暴な愛撫のおかげで、奈々の陰部はもうすっかり潤っている。陰唇を開いて、狭い入り口にモノをあてがわれると、奈々は最後の抵抗を試みた。

「やあぁ、いやあ！　いや、いや、いや。はなして、はなして」

だが、奈々の足は大きく開かされて、愛液でぐちゃぐちゃに濡れきった膣《ちつ》は、なんの抵抗もなく太いペニスを呑み込もうとしていた。

「やあ、痛い……いっ……！」

奈々の処女の証《あかし》が、いままさに破られようとしていた。気を失いそうになるほど鋭い痛みが奈々を襲う。

「ああ、きつい。処女だ。正真正銘の処女だ」

恍惚の表情を浮かべて、男はさらに奥へ押し入ろうとする。奈々の顔が苦痛にゆがむ。

「いやあ、やめて！　抜いて！　お兄ちゃん！　助けてえ！」

いったん腰を引いてから、男は思いきり深くペニスをさしこんだ。奈々の絶叫がコンクリートの壁に反響する。

「いやあああああっ。ひッ。いたあい。抜いて抜いて」

「ああ、処女だ。処女の狭さだ。処女の肉を裂いてやったぞ」

興奮しきった表情で、男は激しく腰を動かしつづける。性器のこすれあう淫靡な音が、部屋の中に響き渡る。ぐにゅ、ぐちゅ、ぐちゅ……。

奈々の狭い膣をふかぶかと貫いている巨大なペニスが、出入りするのが見える。無惨な光景だった。

「やだ、も…や…あ……あぁ」

だんだん声に力がなくなっていく奈々を男たちは醒《さ》めた目で見下ろしている。

「いい！　出す、出すよお！　中に、いっぱい……いっぱいぃぃぃぃ！」

奈々は痛みのために喘《あえ》ぎながら、泣いていた。あまりに自分が惨めだった。

「あ…うおっ…でるう…う、う、う。くうううう」

奈々の身体の中に熱い精液が放射された。男は身体を軽く痙攣《けいれん》させてから、喜悦の表情を浮かべた。

ペニスを抜き取られた奈々はぐったりとしてコンクリートの床に寝かされている。股間からは白く濁った液体がどろどろと流れ出てくる。

打ち捨てられた人形のような、奈々を見下ろしながら男たちは、再び会話を始めた。

「ああ、中に出してしまったんですね。かわいそうに」

「妊娠してしまったら、どうするんですか」

「思いきり腹でも蹴ってやればいいんじゃないんですか」

奈々は心の中で呟きつづけた。「お兄ちゃん、お兄ちゃん」。涙がぼろぼろとこぼれた。

男たちの残酷な会話はまだ続いていた。

「貫通式は終わったんだから、もうどれだけやられても同じだよな」

「ちょうど試してみたいことがあるんだよな。首をしめながらやってみてえな。よく締まるっていうじゃないか」

「殺さないように気をつけてくださいよ。夜はまだこれからなんですから」

「お嬢さん、今夜いっぱい付き合ってもらいますよ。あんたが壊れるのが先か、我々が飽きるのが先か分かりませんがね」


奈々は夢を見ていた。

兄の諒一が奈々をすまなそうに見ている。

「ごめんな、奈々の誕生日のプレゼント買ってくるの忘れたんだ。ごめん」

「ううん、いいの。あのね、奈々ね、プレゼントはいらないから約束して欲しいの」

「約束？」

「奈々、お兄ちゃんとずっと一緒にいたいの。彼女ができても、一緒にいたいの。好きになってくれなくても、妹のままでもいいから、お兄ちゃんのそばにいたいの。約束してくれる？」

「ああ」

「ほんとにお兄ちゃんのそばにいてもいいのね」

「ああ、もちろんだ」

奈々は兄に抱きつき、胸の中に顔をうずめた。

奈々が正気に戻ると、男たちは別の部屋に移ったらしく、酒でも飲んでいるらしい大声がドアの隙間《すきま》から聞こえてきた。奈々はそっと身体を動かしてみた。身体中に激痛が走る。犯されたうえに、意識を失った後ひどい暴行を受けたらしい。おもしろ半分に、肉体を壊されたのだろう。

右腕は折れているらしく、まるで動かない。それでも左手だけで、ボロボロに裂けたセーラー服をなんとか着ることができた。

足にもひどい痛みが走るが歩けそうだ。逃げ出すなら今しかない。そっとドアを開けると、奈々は周囲に気を配りながら慎重に歩き始めた。

暗い夜道を奈々は懸命に歩いた。あの場所から一ミリでも遠くに行きたかった。全身の痛みをこらえて、一歩一歩と歩みを進めていった。

なんとかして、兄にもう一度会いたかった。たった一人の肉親に。

夢中で歩いていた奈々は、近づいてくる車に全然気づかなかった。車のドライバーは、奈々を確認すると急にスピードを上げた。次の瞬間、奈々の身体は宙を舞って、激しくアスファルトに叩《たた》きつけられた。ぐしゃっというやな音がして奈々は動かなくなった。

「ぎゃはははは。いい感じに潰れたな」

「まだこれくらいじゃ甘いでしょう。もう一度くらい轢《ひ》いてあげたらどうですか」

「わかってるって」

「それにしてもまさか逃げ出すとは思いませんでしたね。車で追ってきて本当によかった」

車はもう一度奈々の身体を、ボロ雑巾《ぞうきん》のように轢いてから、引き返していった。

第二章　奇妙な男

「遅いな、奈々の奴。なにをしているんだろう」

諒一は、居間のソファに腰掛けて、独り言を言った。はりきって買い物でもしているのだろうか。誕生日のプレゼントに買った、オルゴールの入った箱をテーブルの上において眺めていた。

奈々は喜んでくれるだろうか？　諒一は今朝の会話を思い出していた。

「お兄ちゃん！　いつまで寝ているの？　また、会社に遅刻して怒られちゃうよ」

耳元で叫ぶ声で目を覚ますと、制服を着た奈々が立っていた。いつもと変わらない、朝の儀式だった。

「また、寝坊しちゃったか。まだ学生気分が抜けないんだな」

「ほら、起きて。お兄ちゃん」

「分かったよ。そうがみがみ言うなよ。いま起きるから」

「朝食の用意してあるからね」

諒一はうなずいてから、だらだらとスーツを着始めた。

奈々が突然、部屋にもどってきた。

「どうしたんだ。なにか用か？」

「あのさ、お兄ちゃん、今日がなんの日か覚えてる？」

「今日？」

　諒一は記憶の糸をたぐりよせようとするが、なにも浮かんでこない。

「もう、いいよ。お兄ちゃん、なんにも覚えていないんだから」

　奈々の顔がだんだん不機嫌になっていく。諒一は、困ったように奈々を見つめるが、相変わらずなんの考えも浮かばない。

「あーあ、妹の誕生日も覚えていないなんて、なんて薄情なお兄ちゃんなんだろう。今日は、奈々一人でパーティするからいいよ」

　奈々は、諒一に向かってふくれて見せた。諒一は、とりなすように言った。

「なにか欲しいものあるか？」

「プレゼントくれるの？　女の子にプレゼントするときは、なにをあげるかは内緒にしとくもんだよ。ほんと、鈍いんだから。お兄ちゃんと付き合うガールフレンドって、きっと苦労するね」

「そういうものなのか。で、プレゼントはなにがいい？」

「もう、いっしょに暮らしているんだから、奈々がなにをもらえればうれしいか分かるはずよ。こんなことじゃ、彼女が出来たとき困るでしょ。女の子はね、プレゼントじゃなくて、相手の気持ちがうれしいの」

「よし、今日一日考えてみるよ」

「それじゃ今日の宿題ね！　奈々が喜びそうなプレゼントを買ってくること」

さすがに照れくさそうな顔をして、奈々はばたばたと部屋を出ていった。

「あ、そうだ。早く朝ご飯食べちゃってよね。いつまでも片付かないでしょ」

廊下から、奈々の声が飛んできた。諒一は、苦笑しながらネクタイを締めた。


昼間の仕事の疲れで眠気を覚えた諒一は、寝室に行ってベッドに横たわった。

奈々も大きくなったものだ。諒一は少しばかり感傷的になっていた。両親が事故で亡くなった時のことを思い出す。

「お兄ちゃん、ママとパパは死んじゃったの？　もう、戻ってこないの？」

奈々は両親の遺影の前に座りこんで、泣いている。胸につけた黒いリボンが身体の震えに合わせて、細かく震えていたのを覚えている。両親を失うという衝撃を真正面から受け止めるには、小学生の奈々は幼なすぎた。

親戚《しんせき》の人たちも、諒一と奈々を慰めるすべもなく、途方にくれているのが分かった。

「ママ、旅行に出かけるまえは、すっごく元気だったのにね。ひさしぶりにパパと二人だけで旅行できるって、うれしそうにしてたのに」

奈々の言葉が周囲の涙を誘った。諒一は、父と母の遺影を眺めながら、まだ彼らの死を実感できない自分に気づいていた。写真の中の二人は、やさしく微笑している。

だが、死は厳粛な事実だった。諒一は奈々の小さな肩を抱きしめながら語りかけた。

「大丈夫だよ。父さんと母さんがいなくても、俺が奈々を守ってやる。安心しろ」

奈々は涙で潤んだ目で諒一を見上げた。

「どんな奴からも、守ってやる」

「うん……」

それから諒一と奈々は、両親の残してくれたささやかな遺産で、肩を寄せ合うように二人きりで生きてきたのだ。


諒一は慣れない仕事の疲れのために、深い眠りに入ってしまった。眠りに落ちるまえに、奈々のことがちらりと頭をかすめたが、不吉なことはつとめて考えないようにした。もうすぐ帰ってくるさ……。

諒一が目を覚ますと、もう夜は明けていた。奈々の部屋をのぞく。帰った形跡がない。奈々が断りもなく外泊などしたことはない。諒一の胸に黒々とした不安が広がっていく。なにかが起きたのだ。間違いなく、奈々の身になにかが起きたのだ。

諒一の胸の鼓動が速まる。警察に連絡を取るつもりで、受話器を取ろうとした瞬間、呼び出し音が鳴った。

「はい、櫂崎ですが…」

諒一の心臓は早鐘のように打っている。不安で吐き気を催していた。

「こちら、及川《おいかわ》総合病院ですが……」

電話の向こうからは、品のよい女性の声が聞こえてきた。

「妹の奈々さんが、交通事故にあわれました」

「交通事故ですって？　まさか」

「ええ、先ほどこちらに運び込まれまして、幸い一命は取りとめたのですが」

「………」

「もしもし？　聞こえますか、櫂崎さん！」

諒一の手から受話器が滑り落ちた。奈々が事故に？　とてもすぐには信じられなかった。

もう一度受話器を手にとって、病院の場所を聞いた。

「…もしもし……」

これは夢だ。なにかの間違いだ。そんなことが起きるわけがない。諒一は呆然《ぼうぜん》として、動くこともできなかった。昨日までは、あんなに元気だった奈々。誕生日を迎えたその日に、交通事故にあうなんて。そんなことがあってたまるか。

両親を事故で亡くすという、大きな不幸を乗り越えて、やっとここまで二人でやってきたのに、また交通事故にあうなんて。

それにしても、病院の女性の言葉が引っかかる。運び込まれたのが、先ほどとはどういう意味だろう？　諒一はまるで納得がいかなかった。それまで奈々はどこにいたのだ。

不覚にも寝こんでしまった自分を責めずにはいられなかった。もっと早く奈々の異変に気づいていたなら、こんなことにはならなかったのではないか。

病院は、諒一たちの住む町から、かなり離れた所にあった。バスを乗り継いでいく途中で、諒一はずっと奈々に起きた事故について考え続けていた。

病院に着いても、夢の中にいるような感覚は消えなかった。諒一は祈るような気持ちで、教えられた奈々の病室のまえに立った。きっとたいしたことはないんだ。たいした怪我はしていないんだ。明日になればこんな心配もみんな笑いごとになってしまうんだ。

ドアを開けた瞬間、そんな甘い想像は無惨にも粉々に打ち砕かれた。

「…奈々……」

目に入ったのは、真っ白い壁と、無数の機器に囲まれて眠る別人のような奈々の姿だった。頭には包帯が幾重にも巻かれている。腕には何本ものチューブが打ちこまれ、機材や点滴につながれている。

諒一は言葉を発することもなく、後ずさっていた。これは奈々じゃない。病室を飛び出してから、廊下に置かれてある椅子《いす》に無造作に腰を下ろした。頭の中に繰り返し現れるのは、昨日の朝の若さにあふれる奈々の姿だけだった。

どれくらいの時間が流れたのか見当もつかなかった。気がつくと、病室の扉から、看護婦がこちらを見ていた。

「あの、櫂崎さんのご家族の方ですか？」

諒一がうなずくと、看護婦は手招きをした。

「どうぞ、中に。奈々さんのことでお話があります。お時間よろしいですか」

「はい」

中年の看護婦の変に冷たい視線が、諒一には気になった。

「もう一度お尋ねしますが、奈々さんのご家族の方ですよね。他のご家族は？」

「いません。二人だけなんです」

「そうですか。これは申し上げにくいことなんですが、奈々さんが薬物を使用していたことを、ご存知でしたか？」

第二章　奇妙な男

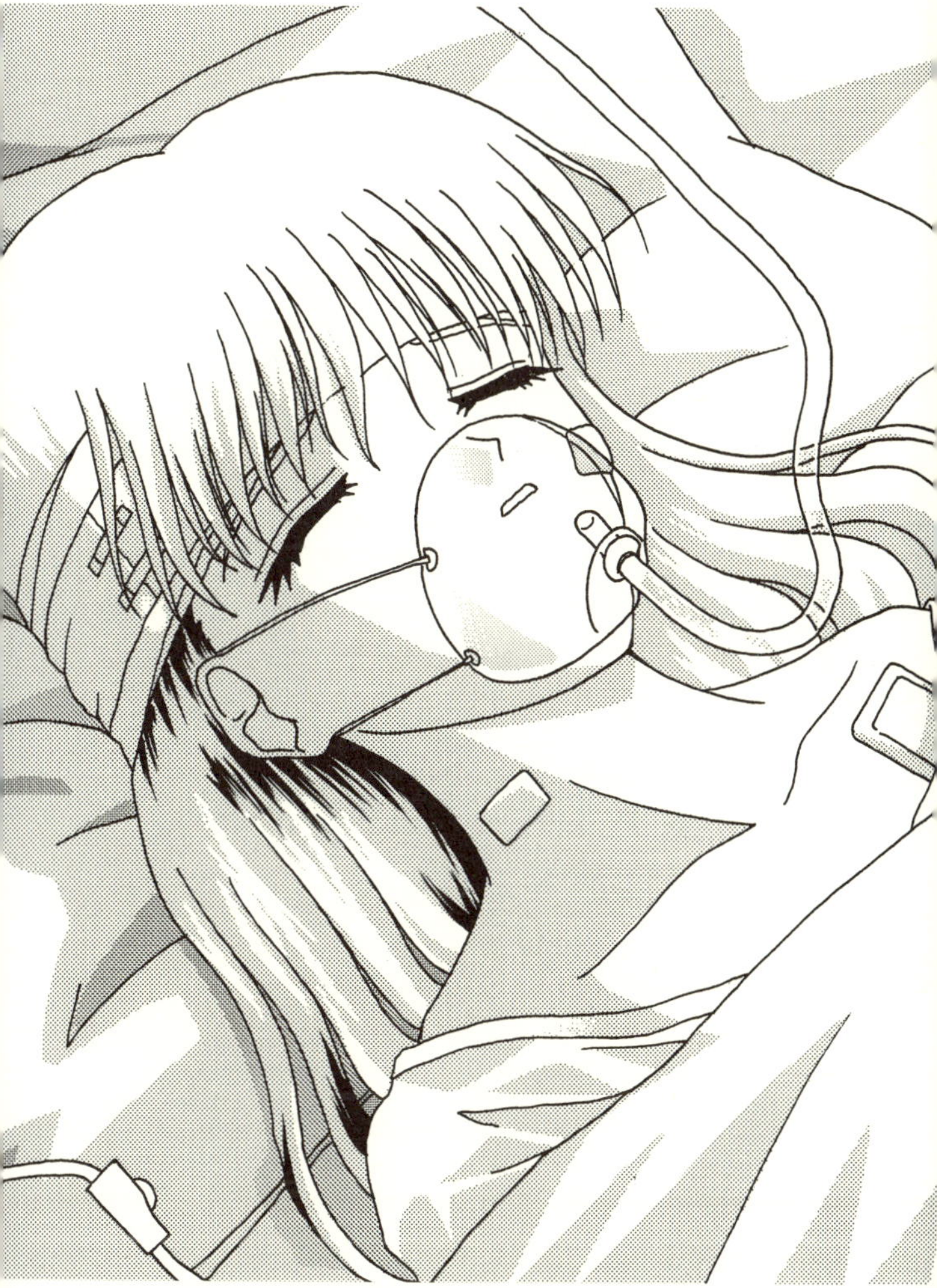

「薬物？」

「ええ、奈々さんの血液検査をしたときに、血液中から薬物が検出されましたので」

看護婦が妙によそよそしい態度を取った原因がわかった。奈々のことを薬物常習者だと疑っているのだ。

「そんなことあるわけないじゃないですか。奈々は、そんなものに手を出すような子じゃない。あなたはなにを言っているんですか」

「そうですか、分かりました。失礼いたしました。今日はこれでお引きとりくださってけっこうです」

「どういうことだ。このまま帰れるわけがないじゃないか。薬物ってなんのことだ。奈々がなにをしたって言うんだ。こんな姿にされた、被害者じゃないか」

看護婦はこういうことには慣れているのか、深いため息をつくと一気に言ってのけた。

「事故の原因は、妹さんが薬物を服用して、興奮状態のまま道路に飛び出したためではないかと思われます」

「ま、待て、そ、そんなバカなことが。冗談にもほどがある。よく調べもしないでなにを言うんだ」

「もうお引きとりください。まだ検査も残っていますので。お気に障ったかもしれませんが、これは事実です」

諒一は、無理やり病室の外に出された。無念でならなかった。看護婦に向かってドア越しに大声で叫ぶのを自制できなかった。

「奈々は、そんなことはしない。まだひき逃げの犯人も捕まっていないのに。なんなんだ、その言いぐさは！　ちきしょう。ふざけるな」

悔しさのあまり、噛《か》み締めた唇が破れ血が滴り落ちた。それを見た子供の患者が、悲鳴を上げた。


「気の毒にな。だがよくある話なんだよな」

「……？」

諒一は声のしたほうを振りかえった。お世辞にも綺麗《きれい》とは言えない格好をした中年の男が立っていた。男の顔に浮かんだ笑みに、なんとも言えない下卑たものを感じて諒一は黙って男を見つめていた。

「クスリやってラリッているガキが死んだとこで、同情するやつはいないってことだよな」

「なにっ！」

諒一は思わず男の胸倉をつかんでいた。怒りで胸がむかむかした。

「落ちつけよ」

男は意外に冷静な口調で話し始めた。

「俺はあんたに、本当のことを教えてやろうと思ってるんだぜ。あんたがあんまりかわいそうだからよ」

「なんだって？　いまなんて言ったんだ。本当のこと？」

諒一は思わず胸倉をつかんでいた手をゆるめた。

「この手、はなしてくれねえか？　このままじゃ息が苦しくて、話ができやしない。そもそも俺は、あんたに好意で言っているんだぜ。ここじゃまずい。待合室にでも行こうぜ」

諒一は警戒感を隠さなかったが、男の言う真相を知りたいという気持ちにあらがうことはできなかった。直観的にこいつはなにかを知っているという気がした。

待合室の片隅に腰を下ろして、周囲に人がいないことを確かめると、待ちきれないように諒一は話の口火を切った。

「あんたは、いったい何者なんだ。失礼な言い方かもしれないが、あんたの話をどうしたら信用できる？」

「ん？　俺か？　俺はあんたの知りたい真実を語ることのできる男だよ」

「正義の味方面するなよ。あんたの欲しいのはカネなのか。いろんな情報を売ってカネにかえているってわけか」

「ずいぶんきつい言い方するんだな、お前さんていう男は。まあそう思ってくれてもいいぜ。あながち間違いじゃない。確かに俺にはいろいろなネタ元がいてな。価値のある情報を流してくれる。それを売るのも俺の商売の一部だ。もちろんカネは欲しい。だが今回は、少しばかり義憤の念にかられてな」

「俺は金持ちじゃない。あんたに大金なんて払えない」

「だから言ったろう。今回は出血大サービスだ。礼はほんとにわずかでいい。あんたにも払える額だ。それより話の本題に入ろうじゃないか」

「分かった。ところであんたの名はなんて言うんだ？」

「名前なんていいじゃないか。情報屋とでも呼んでくれ。後で連絡先を教えるけどよ」

男は周囲を気遣うように小声で話し始めた。

「もう分かっていると思うけどよ。あんたの妹は交通事故にあったわけじゃないぜ」

「えっ……？」

「じゃどうしたのかってことだけどな。でもよ、本当のことを話すのは俺もいやなんだ。人間知らないほうがいいってこともあるからよ」

「どういう意味だ？」

「だから、事故にあったと思っているほうが楽かもしれないってことさ。それでも聞きたいか？」

「ああ、本当のことを知りたい」

この男の言葉を完全に信用したわけではなかったが、なぜ奈々があんな目にあったのかを知らずにすますことはできなかった。

「あんたならそう言うと思って、声をかけたんだ。そうじゃなきゃ、あそこで声なんてかけなかったぜ」

一呼吸置いて男は一気にしゃべり始めた。

「まわりくどい言い方は得意じゃないから、ズバリ言うけどな。あんたの妹は、金持ちの道楽のためにさらわれて、犯されちまったんだ。証拠を消すために、交通事故に見せかけて、車でなんべんも轢《ひ》かれてから、ここに運び込まれたってわけだ」

「なんだって？　まさかそんなことが……」

「クスリ使われたのも、お遊びのひとつだったんだろうな。クスリを使ったセックスっていうのは、こたえられないぐらいいいらしいからな」

諒一は、男の乱暴な発言に怒りをあらわにした。

「おおっと、怒るなよ。妹が乱暴されたのは、本当なんだからよ」

「本当だとしたら、なぜそんなことを、あんたが知っているんだ？　どうやって事の真相をつかんだんだ」

「それは営業上の秘密ってやつでな。俺にはいろんな情報源があるって言っただろ。なにしろ、それが俺の飯の種だ。おいそれと明かすわけにはいかないな。いや、信じられないんなら、それでもいいんだぜ。妹がクスリでラリッて、車に轢かれたと一生信じてな」

「証拠が欲しい。なんでもいい。あんたの言っていることを証明できるものが欲しいんだ」

諒一の問いかけに、男はにやりと笑って答えた。

「なに、簡単さ。妹の裸を見てみな。腕でも足でもいい。そろそろ検査も終わっている頃だろうからな」

諒一がなにか言おうとする前に、男は背を向けてトイレの方に歩いて行ってしまった。

そんなことがあるわけがない。まさかテレビドラマや映画でもあるまいし。でも、もしあの男が言うことが本当だったら……。


諒一は、どうしても奈々の病室のドアを開ける誘惑に勝てなかった。検査も終わったらしく、中には誰もいない。男が言ったことを確かめずにいられず、恐る恐る奈々が着せられている、病院の患者用のパジャマをまくってみた。

真っ白い足に無数のみみず腫《ば》れ。上着をはだけると、胸には爪痕《つめあと》や、歯型が生々しく刻まれている。きつく肌を吸われた痕も残っていた。交通事故ではこんな傷痕がつくわけがないのは、素人でも分かる。

「あんたの妹は金持ちに弄《もてあそ》ばれて、犯されたんだ」

男の声がよみがえる。嘘《うそ》だ、嘘だ、嘘だ。こんなことがあっていいはずがない。

後ろでドアの開く音がする。男が静かに入ってきて、諒一に向かってささやくように言った。

「分かっただろう？　あんたの妹は交通事故なんかにあったんじゃねえ。オモチャみたいにいじくりまわされたあげく、壊されちまったんだ」

諒一は無言で奈々を見つめていた。男の言葉はどうやら真実らしい。それがどんなニュースソースからもたらされたものであれ。

「許せねえか？　許せねえよな。可愛《かわい》い妹を、なんの罪もねえ清純な女の子をこんな目にあわされたんだからよ」

諒一は深くうなずいていた。

「あんたの妹をこんな目にあわせたやつらに復讐《ふくしゅう》したくねえか？」

「ああ、全員をぶち殺してやりたい。それもひどく苦しませた後にだ」

「それもいい。だが、俺に提案がある。やつらにもあんたと同じ苦しみを味あわせてやらないか」

「どういうことだ？」

「あいつら金持ち連中には、あんたの妹と同じ年頃の娘がいる。そいつらを犯して、ぶち壊しちまえよ。あんたの妹がされたのと同じように。ええ、大事なものをぐちゃぐちゃにぶち壊された気分てのは、どうだ？　口では言えないぐらいひどいもんだろ。そいつを味あわせてやるのさ」

「そんなこと…」

諒一は自分にそんなことができるとは、とうてい思えなかった。平凡なサラリーマンの自分が、この世で好き勝手をする権力を持った金持ち連中に立ち向かうことなど、とうてい不可能だと思ったのだ。

「あんたがやりたくないんだったらいいいんだぜ。ぶっ壊れた妹とつつましく暮らしてくれや。第一こんな話、警察だって、とりあっちゃくれないぜ。いくら身体の傷を証拠に話してみたところで、あんたの妹がクスリを使っていたことが、やつらには決定的な印象を与える」

たぶんそうだろう、諒一も思った。看護婦の対応からでも推測はつく。奈々が不良どもとクスリをやってから、乱交まがいのことをやり、ラリッて車に轢かれたというのが、いかにも彼らが考えそうなシナリオだった。

「それにやつらは、警察にだって力を持っている。こんな事件をもみ消すのは朝飯前だ。あんたが、妹の敵討ちもできない腑《ふ》抜《ぬ》けだとは思わないが、まだ結論は出せないか……」

諒一は迷っていた。確かにこんなことをするやつらは許せない。だが、いくら仕返しと言っても、なんの罪もないその娘たちを壊してしまってもいいのか。

「ま、決心がついたらここに連絡してくれ。これが俺の連絡先だ。俺は全面的にあんたの味方だからよ」

男はよれた名刺を差し出した。「××興信所」と書かれてある。住所はない。

「興信所？　あんた私立探偵か？」

「そんな気取ったもんじゃねえよ。便宜上そう名乗っているだけだ。俺の仕事は、そう、あんたの言ったように、ただの情報屋だ」

「あんたのメリットはなんだ。俺に協力しても金銭的なメリットがないとすれば、なんのために俺を助ける？」

「そんなこと訊《き》くなよ。恥ずかしいじゃないかよ。こんな仕事をしてたって、少しばかりの怒りってやつがあるんだよ。それにあんたには言う必要がないが、カネにだってできる仕事だ」

男は低く笑った後、黙って病室を出ていった。諒一は、目の前に横たわる奈々をじっと見つめていた。規則正しい呼吸を繰り返すだけの存在。ベッドのまわりにある機械が、ピッピッピッピッと規則的に鳴った。諒一はその場にじっと立ち尽くしていた。


その夜、病院から遅い時間に戻った諒一は、疲れ果ててベッドにもぐりこんだ。奈々の無惨な姿がまぶたに浮かんで、なかなか寝つけない。得体の知れない情報屋と名乗る男の挑発的な笑い声が、聞こえるような気がした。

「腰抜けだな、あんた。妹をこんなにされて復讐もできないのか？」

やがて、疲れ果てた諒一につかの間の眠りが訪れた。

夢の中に奈々が出てきた。

「お兄ちゃん助けてくれなかったね。奈々、お兄ちゃんのこと呼んだのに」

「ごめん、奈々」

「壊して、奈々がされたみたいに、あいつらの娘を壊して欲しいの。復讐してくれなきゃ、奈々、お兄ちゃんを許してあげない。奈々のこと大事だと思うなら、復讐して。復讐してくうれるでしょ？」

奈々は、諒一を責めたてるように何度も叫んだ。目を覚ました諒一は、暗がりの中で考えつづけた。あいつらは、奈々を壊しても、このままなんの苦痛もなく生きていくのか？良心の呵責《かしゃく》もなく、警察に捕まることもなく。万が一警察に捕まったとしてもなんになる。

奈々の心も肉体も元には戻らないのに……。

だったら、奈々、お前の味わった痛みをそいつらの娘にも味あわせてやろうか。

「そうだよ、お兄ちゃん奈々をこんな目にあわせた人に仕返しして。奈々のためのに復讐して。奈々のことを本当に大事に思っているなら」

まんじりともせずに夜明けを迎えた諒一は、決意を固めていた。よし、必ずどんな手段を使ってでもあいつらに復讐をしてやる。奈々のために。なんの罪もない奈々を非道にも、もてあそんだ男たちに。

諒一は、あの情報屋の名刺の電話番号を確認していた。

第三章　仮面の教師

奈々が病院に収容されてから、三ヶ月の月日がたった。奈々は、いまだに昏睡《こんすい》状態から醒《さ》めない。ときたま病室のベッドに横たわったまま、うっすらと目を開けて、はっきりしない視線で諒一を見つめることがあるくらいだ。

諒一は、ふたたび会社に通い始めた。仕事に没頭しているときだけが、救いの時間だった。だが、会社の帰りに病院で奈々の姿を見るたびに、無力な自分が責めたてられているような気がしていた。

「早くかたきを討って。そうじゃないと奈々死んじゃうかもしれないよ」

奈々の寝顔を見ていると、そう言って諒一に必死に訴えかけているような錯覚に襲われる。あの情報屋に電話を入れることを決めたとき、諒一はもう相手の素性などどうでもよくなっていた。うさんくさい男だったが、確かに話の内容は信じるに値するものだったし、また他になんの情報もなかった。

結局、警察はクスリによる奈々の錯乱が事故の原因だという見解で、それ以上なにも調べようとはしなかったし、病院側も頭からそう信じ込んでいた。諒一による、たびかさなる抗議にも周囲の反応は冷たかった。

諒一は祈るような気持ちで毎日、奈々の病室を訪れていた。奇跡的に奈々が意識を回復して、笑いかけてくれるという淡い期待はいつも裏切られた。復讐《ふくしゅう》を誓ってからは、次第に平静さを装うようになったが、内心は膨らんでいく怒りでいっぱいだった。

そんなある日のこと、例の男が、ふらりと病室に現れた。

「準備が出来たぜ。悪かったな。ちょっと時間がかかっちまって。いろいろと手をまわしたりするのに、意外に手間取ってな」

「ああ、あんたのことを忘れたことはなかった。早く計画とやらを聞かせてくれ」

「まあ、あせるなって。万事うまくいった。後はお前さんしだいだ。やり遂げられるかどうかはな。とにかく、ここじゃなんだから、近くの喫茶店にでも行って、話すとしようじゃないか」

諒一と奇妙な情報屋は、病院からさほど遠くない喫茶店で向かい合っていた。

「ここには、あんたが言っていた金額が入っている」

諒一はそう言って、封筒を渡した。たいした金額ではなかったが、それでも情報に対する謝礼はするつもりだった。

「すまねえな。でもあんたには特別料金でやっている。俺は正義の味方なんでね。ただっていうのも、うさんくさいだろ。まあ、実費ってやつだな」

「それで、俺はなにをすればいいんだ。もちろんなんでもやるつもりだが。それにあんたが仮に裏切ったり、偽の情報を流したりしたら、ただじゃすまないってことも言っておこう。俺は本気だぜ」

「そう力むなよ。あんたが本気でやるってことぐらい、よく分かっているよ。じゃあ、計画について話そう」

情報屋は意外な話を持ち出してきた。諒一に教師になれというのだ。

「だが、俺は教員免許なんて持っていない」

「問題ないって、そんなこと。俺にはいろいろなコネがあるんだ。ある学校で働けるように、もう手は打ってある。なんの心配もいらない」

「学校？」

「そうだ。あんたの妹を襲ったやつらの娘たちが通う学校が分かったんだよ。まずは、そこに就職してもらう。娘の帰りを待ち伏せして襲うってのは、あんまり簡単過ぎてつまらねえだろ。もっと洒落《しゃれ》た演出がねえと俺も手伝いがいがねえってもんだぜ。まず奴らの娘に自然に接触するのがいいと思うんだ」

諒一には、話が少しばかり安直過ぎるような気がしていた。たしかに娘たちと接点が持てるのは、復讐への第一歩にはなるだろう。だが、免許のないものが、そんなお嬢さん学校の教師になど、おいそれとなれるとは思えなかった。

「なりすますだけなんだから。バレなきゃいいんだ。事を始めるまでな。心配するな」

諒一の心を見透かしたように情報屋は言った。諒一に選択肢はなかった。復讐のためにそれが必要ならやるしかない。

「分かった。今の仕事はやめる」

「なあ、悪いようにはしねえよ。とりあえずいろいろ準備したいこともあるから、しばらくは、教師ごっこでもして遊んでてくれや」

「全員が同じ学校なのか？」

「ああ、親父同士がつるんでいるんだから、不思議はねえよな。それにその学校は申し分のないお嬢さん学校だ。ま、こちらにとっては運がいいってことになる」

情報屋は、おもむろに封筒を取り出した。中には五人分の写真とプロフィールが入っていた。奈々を犯した奴らの娘たちだという。

「後でよく見て、顔を覚えることだな。ターゲットはとりあえず分かったわけだ」

「だが、どうやってこの娘たちの親がやったということが分かったんだ？」

「ははは、蛇の道は蛇ってやつさ。言っただろ。俺はこういう情報を売って食っているんだからな。いろんな所から、いろんな話が入ってくるのさ」

男は汚れた歯をむき出して笑った。諒一は父親たちに関する話を聞いているうちに、情報屋の話を確信することができた。奈々を襲った連中は、金持ちの子弟が通うことで有名な大学の出身だった。しかも彼らは大学付属の小学校時代からの友人なのだ。

社会に出てからも、カネと権力に守られてきた男たち。そんな連中なら、少女狩りくらいやってのけるのはわけがないだろう。

「それじゃ、また会おう。そのときまでには具体的な段取りをつけておく」
情報屋はそう言うと大きな肩をゆすって立ちあがった。

その夜、諒一はベッドの中で飽きもせずに五枚の写真を見つづけていた。どの少女も育ちのよさそうな顔と、美しい肢体を持っていた。メモを参照しながら、名前と顔、それに父親のプロフィールを覚えていく。

円城寺葵《えんじょうじあおい》と円城寺ナツキ。あの悪辣《あくらつ》な女狩りを最初に思いついたのは、大企業のオーナー社長である彼女たちの父親らしい。母親は違うが二人は姉妹だ。

西条瑠璃子《さいじょう》。この次の選挙で国会議員になるのを確実視されている政治家、西条祐作《ゆうさく》の娘だ。瑠璃子の父親は学校に多額の寄付をしているので、理事長も頭が上がらないらしい。瑠璃子自身も、高慢な性格の持ち主で、周囲から少し浮いた存在のようだ。奈々を乱暴したグループのスポンサー的役割をしているのも瑠璃子の父親だということだ。

串田茗子《くしだめいこ》。茗子の父親は、瑠璃子の父親、西条祐作の顧問弁護士をしている。今まで彼らが好き放題にやってこれたのも、この男が巧妙に証拠隠滅をしてきたからだ。警察にも強力なコネを持っている。

及川佳奈美《かなみ》。大病院の院長の娘。壊した女たちの後始末は、実際にはこの娘の父親がやっていたという。診断書の所見など自由に書き換えることができるからだ。薬物を使って、女をいたぶるのが好きらしい。

この娘たちを壊すのかと思うと、なぜか不思議に高揚した気分になった。だが、情報屋はなぜこれだけのデータを渡したのだろうか。諒一は深く考えざるをえなかった。

金銭的にたいしたメリットがあるわけでもなければ、本人が言うような正義感に発した行動とはとうてい信じがたい。なにか諒一の知らないメリットがあの男にあるに違いないが、それを知るすべはなかった。

諒一は、しばらく考えたすえにある結論にたどり着いた。自分は、深い霧に包まれた謎の中にいる。誰かに操られているような気さえしてくる。

しかし、復讐をするためには、あの男の情報に頼るしかない。今は、復讐のことだけを考えよう。後のことはどうだっていい。奈々のために復讐だけを考えればいいのだ。

たとえ、あの情報屋がそれをネタに、どんな商売をしようが諒一には関係のないことだった。

諒一は教壇から、私語を続ける瑠璃子と茗子を注意した。

情報屋のお膳立《ぜんだ》てでこの学校の教師になってから、そろそろ三ヶ月がたつ。どういう手を使ったのか知らないが、諒一は簡単にこの学校に受け入れられた。

同僚たちともうまくやっているし、教師ぶりも板についてきたのが自分でも分かる。

教えているのが、倫理社会だというのはブラックジョークという気はするが……。

「西条に串田。授業を受ける気がないのだったら、廊下に出てくれるか」

二人は顔色も変えない。

「茗子、今なんか聞こえた？」

「ゼーンゼン。なんにも聞こえなかったよ、瑠璃子」

この二人はいつもおしゃべりに興じている。諒一は特別の関心を持って二人を観察しつづけているのだが、も

ちろん二人がそれを知る由もない。

「授業を受ける気がないなら、教室の外に出てくれと言ったんだ」

瑠璃子が生意気そうな顔で反論する。

「授業料を払っているんだから、なにをしようと勝手でしょ。退屈させるような授業をする先生の方が悪いんだから」

「ハーイ。西条さんに全面的に賛成です」

茗子が馬鹿にしたような口調で同調する。まあ、いいさ。今のうちは好きにするがいい。

諒一は自分の思いを気取られないように、冷静さを保って二人を無視した。

大声で私語を続ける二人に便乗して、クラス中がうるさくなった。

突然、最前列に座っている少女が立ちあがる。

「みんな！　静かにして」

凛《りん》とした声で皆を制したのは、クラス委員の円城寺葵だった。諒一のターゲットの一人だ。

「西条さんも串田さんも、授業を聞く気がないのだったら、出ていってください」

茗子がすかさず文句を言い始めた。

「ええ、それって横暴じゃん。あたしだって授業を聞きたいんだけどぉ！」

瑠璃子の反応は対照的だった。ぐっと葵をにらみつける。

「今、なにか言った?」

「授業を聞く気がないのだったら、出ていってって言ったの」

瑠璃子は不快そうに眉《まゆ》をしかめる。

「どうして、あなたに指図されなければいけないの?」

「クラスメートとして注意しただけよ。ちゃんと授業を聞きたい人もいるんだから、大声でしゃべるのはやめて欲しいって」

「あなた、私になにを言っているのか分かっているの?」

葵はあくまで淡々とした口調で続けた。

「もう一度言うわ。授業を聞く気がないのだったら、出ていって」

しばらく二人のにらみ合いが続いた。クラス中が成り行きを固唾《かたず》を飲んで見守っている。

やがて、瑠璃子が根負けした様子で呟《つぶや》く。

「言われなくても、こちらから出ていくわ。こんなくだらない授業を聞くくらいなら、図書室で自習した方がましだもの」

瑠璃子は昂然《こうぜん》と胸を張って出ていった。茗子も後を追う。

「ちょっとぉ、待ってよ、瑠璃子! あたしも行くからさぁ」

二人が出ていくと、葵が諒一を見据えて言った。

「先生も、もう少しきちんと注意してください。私だって毎回こんなこと言うのも馬鹿馬鹿しいんです」

　諒一は黙って教壇に戻り授業を再開した。

「……つまり、真理を追究することの大切さを彼は説いたわけだ」


　やがてチャイムの音が響いてきた。やれやれといった安堵感《あんどかん》に教室が満たされる。

「それじゃ、今日はここまで。次は九二ページからだ。予習をしておくように」

　葵が号令をかける。

「起立、礼」

　諒一は少し居心地の悪さを感じていた。教師の真似事《まねごと》は、けっこう疲れる仕事だ。足早に廊下を歩き出すと、後ろから呼びとめられた。

　葵の声に振りかえると、彼女と仲のいい及川佳奈美がいっしょに立っていた。

「どうしたんだ。なにか用か？」

　佳奈美が倫社の教科書を持って立っている。

「あの、そ、その……えっと…」

　言葉につまる佳奈美を見かねたように、葵が代わって諒一に話しかけた。

「佳奈美が、さっきの授業で分からなかった所があるようなんです」

「は、はい。そ、そうなんです……」

佳奈美はひどく内気な子で、諒一と視線を合わせることもできないらしい。

「そうか。どこが分からなかったんだ？」

「え、えーと……」

しどろもどろになりながら、佳奈美は教科書を開いた。動揺しているのか手が震えて、持っていたペンケースが床に落ちた。葵が黙って拾ってやる。

諒一は相手をするのが面倒《めんどう》だった。

「悪いが先生は今、急ぎの用があるんだ。また今度にしてくれないか」

「そ、そうですか。すみません。じゃこの次の授業で質問します」

佳奈美の表情が曇る。諒一はますますうっとうしさを感じた。

「そうか。それじゃ」

それだけ言うと、諒一は彼女たちに背を向けて歩き出した。このクラスには、奈々を壊した男たちの娘のうち四人が在籍している。諒一は、胸の中で呟いた。もうすぐだ。お前らに復讐する日がやってくるのは…。

最終下校時刻を告げる鐘の音が、グラウンドに鳴り響いていた。

校門に向かう諒一は、バスケットコートで一人練習に励む少女に目を止めた。少女は一人で黙々と練習を続けている。思わず見とれるくらいに綺麗《きれい》なフォームだった。

少女の名は、円城寺ナツキ。

あの葵の妹だ。諒一は立ち止まって、ナツキの動きに見入っていた。ナツキはスポーツが万能で、バスケット部と陸上部を掛け持ちしている。優等生の葵とは全然違うタイプに見える。

リズミカルにドリブルしながら、ゴールに向かう姿は優美な野生動物を思わせた。諒一は見事なシュートに、思わず嘆声をもらした。

その声に気づいてナツキが振りかえり、不快そうに眉をしかめて諒一をにらんだ。

「おい、さっきからなにじろじろ見てんだよ。うっとうしいな」

ナツキはボールをつかんだまま、諒一のそばにやってきて言った。

「あ、いや、すまない。うまいもんだと思ってな」

「バスケが分かるやつに誉《ほ》められるんならうれしいけどさ。分からないやつに誉められてもしょうがないだろ」

ナツキは背を向けて、フリースローの練習を始める。

「バスケ部は、今日は休みじゃないのか？」

「ちゃんと終わったら片づけるって。あんた、新しい先生だろ。いちいちうるさいんだよ。私のことはみんな知っているんだから。ほっておいてくれよ」

「バスケットが、そんなに好きか？」

諒一の質問は、ナツキの心の中のなにかに触れたようだった。

「べつに、たんなる時間つぶしだよ。急いで帰りたい家でもないんでね、あたしんちは」

感情を込めずにそう言うと、またシュートの練習を始める。

「あんた、いつまでそこにいるんだよ。うっとうしいって言ったろ。さっさと帰れば」

諒一はなにかを言いかけてやめた。円城寺ナツキ。そうだ。お前も狙《ねら》われているのだ、この俺に。せいぜい今は楽しむがいい。諒一は胸の中で独りごちた。


その夜諒一は部屋の中で、五人の少女たちの写真を見ていた。ベッドに腰掛けて一人一人じっくりと見ていく。今や諒一はすべての少女の顔はもちろん、性格も行動パターンも把握しつつあった。

不意にベッドの脇においてある電話が鳴った。

諒一の胸に不安が広がる。まさか奈々になにかあったのではないか？　諒一は震える手で電話を取った。

「よう、俺だよ。まさかこの声を忘れていないだろうな」

例の情報屋と名乗る男からの電話だった。

「なんだ、あんたか」

「なんだはないだろう、なんだは。やっと準備ができたぜ。半年かかったがな。奈々ちゃんの復讐劇の始まりだ。あとは、あんたがうまいこと言って、娘たちを舞台に連れ出すだけだ」

「舞台っていうのはどういうことだ？」

「言っただろ。せっかくの復讐劇なんだからよ。それなりの演出をしなきゃな。あっさり終わったらつまらないだろうが。それなりに楽しめないとな」

「楽しむだって？」

諒一はいやな気がして、思わず声を荒げた。

「怒るなって。ちょっと気取ってみただけだよ。つまりあんたが主役兼演出家なら、俺は舞台監督ってとこかな」

「どういう計画なのか、もっとはっきり教えてくれ」

「ああ、いいぜ。きっとあんたも気に入るだろうよ。これ以上の条件はないと思うぜ」

それから情報屋は、細部にいたる計画を話し続けた。諒一はときおりあいづちを打ちながらも、はやる心を抑えきれなかった。やっと時はめぐってきたのだ。

一週間後。

諒一はいつものように淡々と授業を終えた。

「じゃ、今日はここまで。予習は各自やってくるように」

諒一はつとめて事務的な口調で話すようにしていた。それから瑠璃子と茗子の席が空いているのを嘆息しながら見た。おもむろに葵に訊ねる。

「円城寺、ちょっといいかい？」

「はい、先生」

「西条と串田はどこへいったんだ？」

「たぶん図書室だと思います」

「そうか、意図的なサボりだな。分かった。二人には後できちんと話をしておく。ところで円城寺、君にも話があるんだが、ちょっと廊下に出てくれないか」

佳奈美が、葵のそばにもじもじと立っている。ちょうど都合がよかった。

「及川にも関係のある話なんだ。いっしょに来てくれ」

佳奈美の頰《ほお》にさっと赤味がさした。諒一は佳奈美が自分に惹《ひ》かれているのをうまく利用するつもりだった。

二人は素直に廊下に出た。諒一はあたりに人がいないことを確かめてから、話を切り出した。

「じつは、志望校のことなんだが、このあいだ担任から聞いて考えたことがあるんだ。円城寺は医科大志望だったよな？」

「そうですけど…」

「及川は家政学科志望だったか？」

「…あ、そ、そうです」

「担任の話では、このままでは二人とも推薦入学は難しいと言っているんだ。今年から推薦の枠が狭められるらしいんだ。できれば指定校推薦で行かせてやりたいということを聞いたんだが」

「知っています。推薦が駄目なら一般で受けるつもりだと伝えてあるはずですが」

葵はそっけなく答えた。だが、佳奈美はあきらかに動揺している。

「あの、ど、どういうことでしょうか」

諒一はその動揺にすかさずつけこんだ。

「つまり私が心配しているのは、二人の将来のことなんだ。このところ二人とも成績が落ちてきてるだろう？　もともと優秀なんだから、少し努力すればずっと力が伸びると思うんだ」

「私たちガリ勉タイプじゃないから。確かにすこし成績は落ちてきてますけど」

佳奈美が弁解するように言った。諒一はもうひと押しだと思った。ここが計画を成功させることができるかどうかの分かれ目なのだ。

「そこで提案なんだが、進学のための補習を受けてみたらどうかと思ってな」

「補習？」

葵が怪訝《けげん》そうな顔で、聞き返してきた。

「補習と言っても。そんなにかしこまったものではないんだ。クラスメートの何人かが集まって、気軽な気持ちで勉強会をするという雰囲気にしたらどうかと思うんだ」

「先生が補習をするんですか……？」

佳奈美が話にのってきたのが分かった。諒一は冷静に言葉を選んだ。

「そうだ。担任の先生はなにかと忙しいし。私なら時間的に余裕があるから、そういう仕事もできるからね」

「でもなんで私たちにその話を？」

葵の質問はもっともなものだった。諒一はもちろん答えを用意してあった。

「本来力を持っていながら、最近成績が伸び悩んでいる生徒を助けるのが目的だ。たとえば君たちのように。もちろん強制ではない」

「私は遠慮します。独りで勉強するほうが集中できますから」

葵の答えは予想通りだった。あとは佳奈美を説得するしかなかった。

「そうか。それじゃ仕方ないな。及川はどうだ？」

「えっ……？」

明らかな困惑の表情を浮かべて、佳奈美は迷っている。諒一はにっこり微笑《ほほえ》んで佳奈美を見た。佳奈美が自分に好意を寄せていることを最大限に利用しようとしている。

「えっと、私参加します」

佳奈美がそう言うと、葵がびっくりしたような顔で尋ねた。

「本当に参加するの？」

「先生がせっかく言ってくれているから。私推薦で行きたいし。いい機会だと思うから」

「そっか。カナ、行くんだ……」

葵が考え込む表情になった。友達が参加すると言うのを聞いて、考えを変える気になったようだ。

「それじゃ、私も参加することにします。私も推薦で行きたいのは同じですから」

「円城寺も？」

諒一は大げさに驚いて見せた。だが、胸の中ではしてやったりと叫んでいた。

「それなら、妹のナツキ君も連れて来るといい。偶然だが、担任との話でナツキ君のことも出たんだ。彼女もこのままの成績だと進学はむずかしいということだから」

「いちおう話してみますが、むずかしいと思います。まだ二年ですし」

「まあ、気分転換もかねて、どこか環境のいい所でやるつもりだから、そんなに構えなくてもいいと伝えてくれ」

「分かりました。話しておきます」

「それじゃ、日時は追って連絡するから」

諒一はそう言い残すと、二人にやさしい笑顔を見せて立ち去った。二人が、もし担任に訊ねても問題がないように、担任にも話は通してある。熱心な教師の補習計画に疑いを持つ人間などいない。


廊下をしばらく歩き、瑠璃子と茗子がいるはずの図書室のドアを開けた。

二人は奥の席に陣取り、たわいのないおしゃべりを続けていた。

「串田と西条、ちょっと話があるんだが」

諒一が声をかけると二人とも露骨に不快そうな表情を見せた。

「なあにい。今日は授業中騒いでないじゃん。そもそも出てないんだから」

茗子がふてくされたように言う。瑠璃子は冷たく言い放った。

「私はべつに、あなたなんかに話すことはありませんけど」

諒一は笑みを絶やさずに、さりげなく言った。

「話というのは、君たちの成績のことなんだ。君たち二人とも最近成績が落ちてきてるだろう？　志望校に入るには、もう少しがんばらないといけないと担任の先生から聞いているんだ。だから、私の補習を受けたらどうかと思ってな」

茗子はだるそうに答えた。

「あたし、べつに大学に入る気ないし。そんな話どうでもいいよ」

瑠璃子にいたっては、にべもない返事だ。

「私もあなたに心配されるいわれはないと思います」

諒一は話の矛先を変えた。

「じゃ、もっと気楽に考えたらどうだ。補習という名目で二泊三日の旅行に行くというのは。三年ともなれば、まわりも受験で大変で、めったに旅行もできないだろう？」

茗子がほんのわずかだが興味を示し始めた。

「いくら気が合うもの同士って言われてもさ。センセーの監視つきってのがね、なんか違う感じもするけど。ま、いいか、このところストレスたまってたもんね。おもしろそうかも」

「私は行かないわ。お父様の主催するパーティが週末にはあるもの」

「だめだめ。瑠璃子参加しようよ。親父ばっかのパーティに連れていかれると、すぐババアになっちゃうしさ」

「ババアって、あなたなに言うの」

「だってそうじゃん。先生、瑠璃子は参加するからね」

「ちょっと、茗子。そんなこと勝手に決めないでちょうだい」

「勝手に決めなきゃ瑠璃子は来ないでしょう？　絶対に参加すること。だって面白そうじゃん。気分転換になるよ。勉強なんて名目だって、先生も言ってるんだからさ」

瑠璃子も、仲のいい茗子に説得されて心が動いたようだった。

諒一は、茗子のノリのよさに内心感謝しながら、何気ないふうを装って言った。

「西条、どうだ。串田の言う通りだと思うぞ。堅苦しく考える必要なんてないんだ」

「なんか、もうひとつ気乗りしないけど、まあ参加することにします」

「やったぁ！　やっぱ瑠璃子はあたしのわがままなんでも聞いてくれるんだよね。じゃ先生、私たち参加するから、いいメンバーと、超可愛《ちょうかわい》いペンションとか予約しておいてよ」

「そうか分かった。西条も気楽に考えろよ。たまには息抜きも必要だろう？　それじゃ、また連絡するから。このことは他の生徒には内緒にしてくれ。全員連れていけるわけじゃないからな」


下校の時刻を告げるチャイムが鳴っていた。諒一がグラウンドを抜けて帰ろうとすると、一週間前と同じように、ナツキがまた独りで、黙々とバスケットの練習をしていた。

華麗なドリブルからシュートを決めようとするが、今日は調子が悪いらしく、何度やってもうまく決まらない。諒一の存在に気づくと、とたんに毒づいてきた。

「なんだよ。うまく入んないのがそんなに面白いか？　じろじろ見るなよ」

「いや、今日はなんか調子が悪いのかと思ってな」

「悪いも悪い。最低最悪」

ナツキはそういうと思いきり地面を蹴りつけた。

「お姉さんから聞いているか？　補習を受ける話なんだが」

「葵がなんか言ってたけど、参加するわけないじゃん。くだらない」

後ろに人の気配がするので振り向くと、葵が立っていた。諒一たちの姿を見かけて心配になったのかもしれない。

「なんだよ。二人して。あたしは行かないって言ってるだろう？　家の外でまで葵と顔合わせたくないんだよ。用がないんならさっさと帰んなよ。気が散るからさ」

葵がナツキの乱暴な物言いに色をなす。

「用がないわけじゃないわ。昼間話したでしょ。補習のこと。返事聞きにきたの」

「なんでそんなのに行かなきゃならないんだよ」

諒一は、理由を言いよどむ葵に代わって説明した。

「担任の先生から相談を受けてな。このままでは進学は難しいと。だから、お姉さんたちとの補習に参加したほうがいいと思ったんだ。うまくいけば続けていくことも考えている」

「あたしが進学するとき金出してくれるやついるのかよ。あたしには家族なんていないんだから。それに葵のクラスメートなんて、こてこてのお嬢さんばっかりだろ。あたしだけ浮くの目に見えてるじゃん。あたし、もう帰る」

ナツキはボールを放り投げ、校舎のほうへ走っていった。葵が責任を感じた様子で言う。

「先生すみませんでした。ナツキが失礼なこと言って……」

「いや、いいんだ。気にしていないから。それより説得のほう頼むぞ」

「はい。もう一度家で話してみます」

葵は諒一に軽く会釈すると、校門のほうへ歩み去った。心なしか後姿にいつもの葵らしい元気がなかった。


それから二週間後、三連休を利用して補習をするという名目で、諒一は少女たちを連れ出すのに成功した。五人の少女を乗せたバンは、軽快に山道を登っている。

情報屋に、計画が無事に進んでいることを電話で伝えると、折り返し日時と手配した別荘の場所を連絡してきた。諒一がその前に一度事務所で会いたいと言うと、電話口でめずらしく冷たい口調で拒んだ。

「俺はきちんとやっているんだ。あんたは俺の正体を確かめたいんだろうが、そういう態度を俺は好かない。ここまでやってきて十分信用される資格があると思うぜ」

「それは認めるが、俺はあんたの仕事部屋さえ見たことがない。これからやることを考えたら、もう少しあんたのことを知りたいと思ったんだ」

「その必要はない。準備はすべて整った。あんたは復讐だけを考えていればいい。用意した別荘は、携帯も届かない山の中にある。外部とはまったく連絡が取れなくしてある。存分にやれるぞ」

「あんたは、その時どうしているんだ？」

「心配するな。ちゃんと見張っててやる。復讐が成功するまでな。すべて終われば、さらば友よっていうやつだ」

諒一はそんなやりとりを思い出しながら運転を続けた。少女たちは、楽しそうにしている。もう後戻りの出来ない所まで来てしまった。

奈々、やっとお前の復讐を果たす日がやってきたぞ。

諒一は心中でひそかに呟くと、少女たちに気づかれないようににやりと笑った。


山の中にある瀟洒《しょうしゃ》な別荘についたのは、午後もだいぶ遅くなってからだ。

「うわー、ここすごいイナカ。テレビとか映らなそうじゃん。電波来ないんじゃないの？」

車から降りた茗子の第一声がそれだった。他の少女たちもそれぞれに感想をしゃべっている。

「それにしても、このメンバーとはね。知ってたら来なかったんだけど」

瑠璃子が言うと、茗子がうなずいた。

「そう思っているのは、おまえだけじゃないんだからな。自分一人だけが迷惑しているような言い方はやめろよな」

ナツキがやりかえすと、葵がそんなナツキを叱《しか》った。

「あなた、先輩にそういう口きくのやめなさいって言ってるでしょう」

「姉さんぶってうるさいんだよ。あたしに説教するのやめてくれよ。こんなとこまで来てやったんだからよ」

諒一は少女たちをたしなめながら、別荘の中に入った。

しばらく居間で休みを取ってから、別荘の中を案内することにした。本当は初めてなのだが、少女たちには友人の別荘なので、以前にも来たことがあると言って安心させておいた。不信感を持たれないように、細かく計画は練ってある。

間取りは情報屋から、詳細な見取り図を送ってもらっていたので、完全に頭に入れてあった。全員を引きつれて、さもよく知っている家のようにふるまうことが出来た。

「こっちがトイレ。その向かいが風呂になっていて、それからお前たちの泊まる部屋は二階に用意してある」

諒一は二階へ行って勉強部屋を見せたあと、決めてあった部屋割りを伝えた。瑠璃子が一人で部屋を使いたいと言って、ひとしきりごねたが、結局は諒一の説得に折れた。瑠璃子と茗子、葵とナツキに佳奈美の二つのグループに分かれて泊まることになった。

諒一は、少女たちを部屋に残して、階下に降りた。大広間を抜けて、食堂へと入り、さらに奥にある台所まで行くと、隅においてある食器棚の前に立った。

戸棚に手をかけて、思いきり右に引いてみる。かなりの抵抗があったが、食器棚が移動したあとには、秘密の階段が現れた。階段は地下に通じている。

「捕まえた女は、そこに閉じ込めておけ」

例の情報屋は、最後に会ったときに諒一にそう言った。諒一はその言葉を思い出しながら、薄暗い地下室の入り口を覗《のぞ》き込んだ。ここがあいつらの「檻《おり》」になるんだ。そう思うと諒一は暗い喜びが、心の底から湧きあがってくるのを感じていた。

うしろに人の気配を感じたのは、諒一が食器棚を元に戻した直後だった。

ナツキが立っていた。まさか見られた？

「なにビビってんだよ。荷物の整理が終わったら降りてこいって言っただろ？」

「……見た……のか？」

諒一の声はしゃがれていた。もし見られたら、すぐにでもナツキの口を封じなければならない。冷たいものが背筋を流れた。

「なんの話だよ。見たって、なにを？　あんたなんか変だよ。恐い顔して。別人みたいじゃん」

「いやなんでもない。夕食の準備をしなくちゃいけないだろう。それで考えこんでいたんだ」

残りの少女たちも、諒一たちの声を聞いてやってきた。

「それじゃ、みんなで料理を作ろうか」

諒一の呼びかけに、瑠璃子と茗子は背を向ける。二人はもともと料理などまったくやる気がない。

結局諒一が説得して葵と佳奈美、それにナツキが作ることになった。諒一が三人の少女たちといっしょに料理を作っていると、とつぜんナツキがヘマばかりする佳奈美を怒鳴り出した。

葵が中に入って、ナツキをたしなめる。

「ナツキ、カナになんてこと言うの。カナに謝りなさい」

「上から押さえつけるみたいな言い方やめろよな。あたしのこと邪魔だと思っているくせに恩着せがましいんだよ」

「私はそんなこと……」

「言ったじゃないか、あの時。あたしとあたしの母さんがいなきゃ、葵の母さんは死なずにすんだって。あたしと母さんが葵の母さんを殺したんだって」

葵はきっとした顔でナツキをにらみつけ、思いきり頬を平手で打った。ナツキはののしりの言葉を吐きながら、台所から走り出ていった。

「葵、ナツキちゃん悪くないの。私がよけいなことをしたから」

佳奈美は顔面が蒼白《そうはく》になり、気を失って倒れてしまった。貧血を起こしたらしい。諒一は佳奈美を広間のソファーに横たえた。その身体は信じられないほど軽かった。

諒一の心に一瞬迷いが生じる。こんな少女に何の責任があるのだろう。自分のやろうとしていることに疑問がむらくものように湧いてくる。

奈々の姿を思い出せ。こいつらの父親がしてきたことを思い出せ。けっして許されることではない。諒一は、奈々が哀願する声を聞いたように思った。

「みんなを壊して。奈々がされたことを忘れないで。こいつらの父親は、みんなうすぎたないケモノなのよ。ひるんじゃだめ。復讐して、復讐して……」

台所に戻ると、葵が落ちこんだ様子で立っていた。

「先生。私とナツキってあまり似ていないでしょう。じつは母親が違うんです」

諒一はそのことは情報屋のメモで知っていた。

「父が今の母と再婚したのは、私の母が死んですぐだったんです。父と今の母との間にナツキが生まれたときは、いわゆる不倫関係だったんですね。だから、私母の死でショックを受けていて、あんなひどいことを言ってしまったんです」

諒一はナツキを迎えに行くことにした。これ以上聞いていると葵に情が移りそうな気がしたからだ。

ナツキは玄関のポーチに所在なげに座りこんでいた。

「円城寺が君と話をしたがっているようだ。少し姉さんと話をしてみたらどうだ。コミュニケーション不足なんだよ」

「べつに、あんたには関係ないだろ。どうでもいいよ」

諒一はナツキの腕を取った。無理やり立たせる。

「なんだよいきなり」

「ほら、立って、立って」

台所にいる葵の所にナツキを連れていくと、二人が緊張するのが伝わってきた。

「円城寺、ナツキ君を連れてきた。なにか話したいことがあるんだろう？」

ナツキが急にもじもじし出した。

「え、ええと、その……あのさ。さっきは悪かったな」

葵が驚いた表情でナツキに声をかけた。

「私こそ叩《たた》いたりしてごめんなさい」

二人はまた夕食の準備を始めた。多少ギクシャクした雰囲気を残しながら。

諒一はまたしても変な気分になった。二人の仲を修復させてなにになるんだ。そうだ、俺は復讐するんだ。この二人も壊すんだ。それまでの間はせいぜい善人ぶるのもいいかもしれない。二人が俺を信用するだろう。仕事がやりやすくなるというものだ。

夕食の準備が整って、瑠璃子と茗子も下に降りてきたようだ。

諒一はそろそろ復讐の準備を始めたほうがいい時刻になったことに気づいた。心の中にある最後の迷いをふっきる。

余計なことを考えるな。奈々の復讐のためにここまで俺はやってきたんだ。あの無残な姿を思い出せ。やつらのやった悪行を許すな。

諒一は狼のような目をして、ふたたび顔を上げた。

本物の復讐をするために。

第四章　性餐の始まり

「先生どうしたのかしらね。夕食はとっておいたけど……」

葵の言葉に佳奈美が応じた。

「お部屋にはいなかったんでしょう？」

ナツキが言葉を引き取った。

「部屋に鍵《かぎ》がかかっててさ。ドアを叩《たた》いても返事なかったから、部屋の中にはいないと思うんだけど」

茗子はあまり興味のなさそうな口調で言った。

「あんまり気にすることないんじゃない。そのうち戻ってくるよ。こんな山の中だもん。行くとこないじゃん。ねえ、瑠璃子？」

「一人でふらふら出かけるなんて、引率者失格ね」

瑠璃子がいつもの調子で冷たく言う。

「ひッどーい、瑠璃子。ちょっと夕涼みに出かけただけかもしれないじゃん」

「夕涼みならいいんだけど……」

葵がクラス委員らしいまじめな顔で、時計を見上げながら呟《つぶや》いた。ナツキがすぐに言い返した。

「そうやって、周りをしらけさせるのやめろよな。大げさなんだよ。あたし、ちょっと散歩してくる」

「遅い時間にフラフラしていると、こわーいおじさんに連れていかれちゃうぞ」

茗子がナツキをからかった。ナツキは動じる気配もない。

「こんな山の中にそんなのいるかよ」

「いるとしたら、夜行性の動物だと思うけど。気をつけてね、ナツキ」

葵の言葉にナツキはめずらしく素直にうなずいた。


「これでいい」

別荘の裏手で、諒一は窓枠にたらした接着剤が乾いたのを確かめながら、手についた埃《ほこり》を払った。もうすでに一階の窓はすべて塞《ふさ》いだから、後は玄関のドアさえ塞いでしまえば、建物の中からは逃げられなくなる。

諒一の耳に、落ち葉を踏みしめる音が聞こえてきた。あわてて接着剤のケースを上着のポケットに隠そうとしたが、運悪くそれは手から滑り落ちて、枯葉に覆われた地面に落ちた。ケースを拾おうとかがんだ瞬間、ナツキの声が飛んできた。

「先生？　先生なの？」

諒一は小さく舌打ちした。まずいことになった。

「あんた、なにやってんだよ。こんなとこで」

ナツキは枯葉を踏みしめながら、諒一のそばに近づいてくる。そして、諒一の足元に落ちている接着剤のケースに目を止めた。

諒一はあわててケースを拾い上げ、ポケットにねじ込む。

「い、いや、なんでもないんだ」

明らかにうろたえているのが、ナツキに分かったのだろう。不信感をあらわにして諒一を問い詰める。

「あんた、なにコソコソしてんだよ。一人でなにやってたんだ？」

諒一は弁解しようとしてやめた。そろそろこいつに目的を教えてやってもいいか。どうせ逃げられやしないんだ。残酷な喜びが諒一の考えを変えた。ナツキとの距離をじりじりとつめていく。

「なにをやっていたと思う？　ええ、なにをやっていたと思ったんだ？」

ナツキは本能的な恐怖にかられて、反射的に身を引いた。

「ち、近寄るな！」

だが諒一はすばやく一歩を踏み出して、ナツキの腕をつかんだ。

「お前たちをメチャクチャにしてやろうと思ってな」

「あたしたちをメチャクチャに？」

ナツキの表情がみるみるこわばっていく。

「く、くだらない冗談言うなよ。あんた、どっかおかしくなっちまったんじゃないか？

なんで、あんたがあたしたちにそんなことしなくちゃいけないんだよ」

「どこもおかしくなんかなっちゃいないさ」

諒一はナツキの腕を取って、うしろできつくねじり上げた。ナツキの身体を思いきり倒し、地面に強く押しつける。

「いたっ！」

ナツキが叫ぶ。後頭部を打ったナツキは、苦しげなうめき声を漏らす。諒一はナツキの両腕を押さえて、起きあがれないようにした。

「うぐ、はなせ！　やめろよっ」

ナツキは必死の抵抗を試みる。少しでも自由になる手や足をじたばたと動かして、諒一から逃れようとする。

「お前、なにしてるのか分かってるのかよ？」

ナツキは諒一をにらみつけながら叫んだ。気の強いナツキは、抵抗をあきらめる様子はなかった。

「こんなことしてただですむと思っているのか？」

諒一はそんな言葉を無視して、左手でナツキのタンクトップの裾《すそ》を思い切りたくし上げた。ナツキの細くひきしまった上半身が現れた。スポーツをやっているだけあって、筋肉質の清潔感あふれる身体だった。

「やめろ、やめろ！　はなせ、はなせよぉ」

ナツキの抵抗はいっこうにおさまりそうになかった。かなりの力で諒一の胸を押し返そうとしている。諒一はナツキの臍《へそ》のまわりをなであげた。なめらかな皮膚の感触が伝わってくる。

「誰か、誰か助けろよ！　誰か！」

身体を触られることに露骨な不快感をあらわにし、身体をくねらせながらなんとか諒一から離れようとする。

「大声を出すな！」

助けを求めるナツキの口を手で塞ぎ、諒一は身体をまさぐるのをやめようとはしなかった。腹を撫《な》でていた手を下のほうにおろしていく。

ショートパンツのファスナーを下げると、少女らしい下着がのぞいた。

「うっ、なにすんだよ」

手で塞がれた苦しい息の下から、ナツキがなおも抗議の声を上げる。

顔をしかめて膝《ひざ》を閉じようとするが、諒一はパンティの上から、ひそやかな稜線《りょうせん》をたどるように、ナツキの秘部へと指をはわせた。

突然諒一は、指に鋭い痛みを覚えて反射的にナツキの口から手を離した。ナツキが思いきり噛《か》んだのだ。諒一がひるんだすきに、ナツキは服の乱れを直しながら、罵声《ばせい》を浴びせ掛けてきた。

「は、は、どうだ、痛いか。ざまをみろ」

走り去るナツキの後姿を見ながら、諒一はまずいことになったと思った。しかしどうせこれからすべての少女たちを襲うのだ。知られるのが少し早くなっただけだ。

奈々、今復讐《ふくしゅう》は始まったぞ。諒一は軽く息を整えてから一歩ずつ別荘に向かって歩き始めた。

「みんな、たいへんだ！」

広間のドアが勢いよく開いてナツキが飛びこんできた。葵が怪訝《けげん》そうな顔でナツキを見る。息を切らしたナツキの表情は尋常ではない。

「どうしたの？　なにがあったの？」

「どうしたって？　なんて説明したらいいかわからないよ。とにかく大変なんだ。あの先生が変になっちまったんだよ」

「先生が変って、いったいどういうことなの？」

「だから、外歩いていたら、襲われそうになったんだよ。あいつに」

ナツキの言葉に全員が顔を見合わせた。すぐには信じられる話ではない。ナツキの様子から嘘《うそ》を言っているようには見えなかったが、だからといって素直に信じられるようなことでもなかった。

「あの先生がそんなことするはずがないと思うけど……」

佳奈美が遠慮がちに言った。

「するはずがないって言ったって、実際に襲われそうになったんだよ。あいつにつかまれたときできた痣《あざ》を見てくれよ」

そう言ってナツキは諒一につかまれたとき腕についた痣をみんなに見せた。みんな唖然《あぜん》として見ていたが、瑠璃子だけは自慢の長い髪をかきあげながら言い放った。

「ばかばかしい。そんなくだらない嘘をついてまでみんなにかまって欲しいわけ」

瑠璃子は挑戦的だった。

「まさか信じると言うんじゃないでしょうね、円城寺さん？」

葵はしばらくなにか考えている風だったが、やがてきっぱりと言った。

「私は、信じるわ。ナツキはこんなこと嘘や冗談で言ったりしない。私には分かるの」

葵が確信に満ちた口調で言うのを聞いて、茗子が呟いた。

「でもさ、いきなりあの先生がおかしくなったって言われてもねえ」

「ナツキの言葉を信じられないんだったら、ここに残っていたらいいわ。すぐに本当かどうか分かるだろうし」

葵がそう言い返すと、瑠璃子がふたたび口を開いた。

「信じられるわけがないじゃないの」

瑠璃子が断定的な口調で、決めつけるように言ったとき。玄関のドアがゆっくりと開く音が聞こえてきた。

「き、来たよ」

ナツキが反射的に身を縮める。

「カナいっしょに逃げましょう。ナツキもこっちへ」

葵の冷静な声に促されて二人は立ちあがった。

だが、反射的にナツキは差し伸べられた葵の手を振り払った。

「ナツキ、どうしたの？」

「あたしは一人で逃げられる。葵の世話になんかならないよ。それに固まって逃げると捕まる可能性が高い。バラバラに逃げたほうが絶対いいって」

「そう、確かにね。じゃ、あなたは一人で逃げなさい」

ナツキが身を翻して広間を出ていきざま、葵に向かってひとこと言った。

「捕まるなよ、葵」

「あなたもね。さ、私たちも逃げましょう、カナ」

葵に続いて佳奈美も広間を出ていった。その背中を見ながら茗子がいつものマイペースな調子で言う。

「あたしはあたしで、勝手に逃げさせてもらおうかな。ねえ、瑠璃子はどうするの？」

「茗子、あなたまであんなくだらないこと信じているの？」

「信じてるわけじゃないけどさ、なんかやな予感がするから。先生に襲われたら、でっかい声出して呼ぶんだよ」

「私が襲われるはずなんかないわ。だいたいこれは、悪い冗談に決まっているわ。私たちを襲う理由がないもの。それにこの別荘のどこに隠れるというの。密室も同じだわ」

「それはそうだけど。あたしの予感て当たるからさ。適当に身を隠して成り行きを見ることにするよ」


諒一は時計を見た。九時になったら、あの情報屋が外からドアの鍵を閉めてくれることになっている。そうすればここにいる人間は誰も出られない。

袋のねずみにされた少女たちにゆっくりと復讐できる。ふと奈々の幻影が目の前に現れる。病院のパジャマ姿の痛ましい姿で奈々が囁《ささや》く。

「お兄ちゃん、奈々の仇とってくれるんだよね。奈々を犯したやつらの娘にも同じことをしてくれるんだよね。ありがとうお兄ちゃん。大好き」

諒一は奈々の声に励まされるようにして、広間に入った。

少女狩りの始まりだった。それぞれに姿を隠しているが、この建物に隠れる場所はそんなに多くない。寝室の鍵などすぐにこじ開けることができるし、はっきり言って逃げ場などないのだが、彼らに与える恐怖こそが、諒一の狙《ねら》いだった。

催涙スプレーで抵抗する茗子には少々驚かされたが、それでも少女たちが必死であちこち逃げ回るのを追いつめていくのは快感だった。

バスルームやトイレに逃げ込んでも無駄だと知りつつ、それでもどこか隠れる場所を探す姿は、真剣なだけに哀れを誘う。

「かくれんぼをやってるんじゃないんだぜ。お嬢さんよ」

諒一は逃げ回る少女たちに聞こえよがしに大声で言った。

玄関から瑠璃子と葵の声がかすかに聞こえてくる。二人とも外から鍵をかけられているのを知って落胆している。

「正攻法で逃げるのは無理。でもなぜあの先生がこんなことをしているのか分かったら、説得して逃げることができるかもしれないけど」

葵の冷静な声が聞こえてくる。諒一は失笑を漏らした。それは無駄なことだ。お前たちに俺を説得できるわけがない。瑠璃子が不安そうに答えた。

「あの先生、さっき私を捕まえようとしたときに、みんな壊してやるって言ってたわ。どういう意味かしら。それに私のお父様と関係があるようなことも。でもありえないわ。どう考えてもお父様と先生に接点などあるはずがない」

葵が答える声がした。

「ゲーム感覚で追いまわされるのがたまらないわ。それに、そもそもあの人そんなことができる人じゃないような気がするけど…」

諒一は玄関に通じるドアを蹴破って、二人の前に立った。

「もっと必死で逃げてくれないとつまらないんだがな」

「そんな遊びみたいなことで、私たちをこんな目にあわせているんですか？」

葵は諒一をにらみつけながら皮肉な口調で言った。

「確かにそうとしか思えないだろうな」

諒一は皮肉な笑みで葵の言葉に応じた。

「いったいなんのつもりなんですか？　なんのためにこんなことをするんですか？」

「目的を果たすためだ」

「目的？」

「お前たちに近づいたのも、ここへ連れてきたのもそのためだったってことさ」

葵はひるまなかった。諒一の目を見ながら話しを続ける。

「どうして私たちなの？　いったいなにをするつもりなの？　目的を教えて」

「なぜそれをお前たちに言わなくてはいけないんだ。関係ないだろう。」

諒一は心の中で叫んでいた。奈々はなんの理由もなく、お前たちの父親に犯されたんだ。その理不尽さに対する怒りと恐怖をお前たちにも与えてやるんだ。

瑠璃子がとつぜん走り出した。葵と諒一が言い争っているすきをついて必死に逃げていく。さすがの葵も呆然《ぼうぜん》としている。

「瑠璃子があんたを見捨ててくれたおかげで、俺も冷静さを取り戻した。人間なんていざとなれば自分のことしか考えられなくなるんだな。悲しいな」

「西条さんはああいう人だもの」

「お前も追いこまれればああなるさ」

諒一の言葉は葵にはショックだったらしい。プライドの高い葵に対する最大の侮辱であるとともに、彼女の心の中にある種の不安を植え付けたのだ。

諒一は酷薄な笑みを浮かべて言った。

「じゃ、あとでゆっくり楽しもう」

凍りつく葵を後にして、諒一はまた瑠璃子を追いかけた。一階のトイレのなかで言い争う声がする。

突然ナツキが諒一の目の前に飛び出してきた。どうやら瑠璃子に蹴り出されたらしい。

「てめえ、自分だけが助かればそれでいいのかよ」

夢中のあまり諒一の存在に気づきもしない。予想通り中にいるのは瑠璃子だ。ナツキがもう一度狭いトイレの中に入ろうとする。

「こいつを見捨てれば助かるんじゃないか？　瑠璃子お嬢さん。蹴り出してやれよ」

諒一の言葉に二人の動きが一瞬とまった。みにくい仲間割れをさせることが今の諒一の目的だった。こいつらを精神的にボロボロにしてやるのだ。

「てめえ、そんなことしやがったら、ただじゃおかないからな！」

ナツキが大声で叫ぶ。眉《まゆ》がつりあがり、怒りで唇が震えている。

ついに瑠璃子はもう一度戻ろうとしたナツキの背中を思いきり蹴って、トイレの外に押し出した。

「て、てめえ……！」

まさか本当に仲間を見殺しにするとは、ナツキも思わなかったのだろう。

「私はあなたたちとは違うのよ」

「なにが違うっていうんだよ。このエゴイスト。こんなことが許されると思っているのかよ」

諒一はトイレのドアをめぐる二人の攻防をしばらく楽しんだあと、ナツキの襟首をつかんで、後ろにぐいと押しやった。

「今は見逃してやる。さっさと行け」

ナツキは憮然《ぶぜん》としている。

「なによう。その人を先に捕まえればいいでしょ」

瑠璃子の錯乱ぶりを見ていると、もっとひどい恐怖を味あわせてやりたくなる。

「こいつは、おまえを見殺しにしようとしたんだ。こんなやつはどうなってもいいだろ。俺の気が変わらないうちに早く行け」

ナツキは無言で立ち去った。少女たちの精神のバランスが少しずつ壊れていくのが分かる。それはまさに復讐劇の序曲だった。

諒一はふたたび瑠璃子に向き合った。

「どうして、私なの。どうして、その子を捕まえないの？」

混乱しているのか、どうしてという言葉だけを繰り返す。

「ほら、お前も逃げろよ。どうしたんだ。なにをされるか分かっているのか？」

瑠璃子は、はっと気がついたように諒一の脇をすり抜けて、階段を上っていった。

諒一は笑いながら二階への階段を上っていく。さんざん追いまわされて瑠璃子の体力も限界がきているはずだった。

瑠璃子は自分の部屋で息をひそめて考えていた。なにを私たちにしようとしているのかしら。分からないから恐い。ナツキは本当に襲われたのだろうか。ゲームと言ってはいるけれど、先生はときどきひどく悲しそうな顔になる。

ドアを開けようとする音がする。

「来ないで、入ってこないで」

ゲーム感覚で追いまわされるなんてもう耐えられない。瑠璃子は必死でドアを押さえた。がたがたとドアが鳴る。生まれて初めて味わう本物の恐怖に、瑠璃子の頭の中は真っ白になっていた。

細く開いたドアの隙間《すきま》から、腕がにゅうと伸びてきた。まるでそれ自体が生き物のようにうごめいている。

「いやぁぁぁぁ、来ないでえっ！」

瑠璃子の絶叫が別荘中に響き渡った。他の少女たちは恐怖で気も狂わんばかりになっているはずだ。諒一はそれを思うと思わず笑みがこぼれた。苦しむがいい。もっともっと苦しむがいい。大きな音を立ててドアが開いた。

「残念だったな。もう逃げ回るのにも疲れただろう？　ここらで終わりにするか」

「いやあ、来ないで、来ないでぇ……っ！」

瑠璃子はあとずさりながら、子供のようなおびえた表情で諒一を見る。胸の前で手を合わせて震えていた。

諒一はにやりと笑った。

「なにもとって食おうってわけじゃない」

じりじりと距離を詰めながら、諒一は瑠璃子に近づいていった。瑠璃子は恐怖で動けない。まるで子犬のような濡《ぬ》れた目で諒一を黙って見つめている。


「これで終わりでしょう？」

瑠璃子は哀願するような調子でよわよわしく聞いた。広間に連れてこられてから、諒一に肉体をさんざんもてあそばれて、瑠璃子のプライドはずたずたにされていた。

「残念だがこれは始まりだ。これで終わりのはずがないだろう」

「いやあ！　はなして……！」

瑠璃子の髪をつかんで廊下を引きずっていく。もう瑠璃子には抵抗するだけの気力が残っていないようだった。

諒一は台所へと瑠璃子を連れてきた。なにをされるのかという恐怖で瑠璃子の顔がゆがんでいる。

「な、なにっ……なにをするの？」

諒一は質問には答えずに、奥にある食器棚の所に連れていった。

「黙ってろよ」

そう短く伝えると、食器棚を右にそろそろと動かす。地下へ通じる階段が見えてくると、瑠璃子は絶望の叫びを上げた。

「なにするつもりなの。恐い、恐いわ」

「静かにしろ。その階段を降りるんだ。いい所に案内してやるぜ」

諒一は瑠璃子の背を押すようにして、階段を降りていった。薄汚れた地下室の中に足を踏み入れると、瑠璃子が身震いするのが分かった。手前にある小部屋のドアを開いて、瑠璃子をあごでうながして中に入れる。

「ここに閉じこめてどうするのよ。もうたくさんよ」

「さあな。しばらく我慢するんだな」

「待って……！」

諒一は必死でドアを叩きつづける瑠璃子を無視して、外から鍵をかける。

ドン、ドンと瑠璃子がドアを叩く音を聞きながら周囲を見渡した。かび臭い、すえた匂《にお》いが鼻をつく。

階段を上っていったん台所に戻ると、聞きなれた声がした。

「よう」

諒一は声のしたほうにふりむいた。そこには例の情報屋が立っていた。

「どこから入ってきたんだ。あんた？」

「なんだよ。そんなに驚くことないだろ」

「なにしにきたんだ？」

「そんな恐い顔でにらむなよ。うまくやっているのかどうか見に来ただけじゃないか」

諒一は今までこの男を不気味だと感じたことはなかった。だが今初めて、ある種の恐怖に近い感情を抱いていることに気づいた。

この男はふつうの人間が絶対に見ることのない、世の中の裏ばかりを見て生きてきた人間なのだ。人間のいちばんみにくいところばかりを見てきたに違いない。

いったいどこまで信じていいのか。諒一の気持ちを読んだように情報屋はにやりと笑って問いかけてきた。

「あのお嬢ちゃんは、まだ完全に壊していないようだな。ただ犯しただけじゃだめだぜ。妹の復讐になったとはいえないな。舞台を整えてやった俺の身にもなってくれよ。もっと徹底的にやるんだ」

諒一は黙っていた。この別荘にこの男が出入りできるのは、合鍵を持っているからだろうが、どうも違う出入口があるような気がした。

「今は俺に教えなくていいが、秘密の抜け道があるようだな」

「ああ、そうだ。言ったろ、俺は舞台監督だ。作品がどう仕上がったか見る権利はあるはずだぜ。早くお嬢ちゃんたちを壊してくれよ」

「もちろん、やるつもりだ」

「あんたが躊躇《ちゅうちょ》するんだったら、俺がやってもいいんだぜ」

「なにを言ってるんだ？」

「いや、なんか気乗りがしねえみたいだからよ。俺が壊してやろうかなと思ってな。このところ若い女とやる機会もねえからよ」

「いや、俺がやる。奈々のためにも俺自身がやらなくては、意味がない」

そう言うと諒一はふたたび階段を降りていった。


諒一の姿が消えたのを確かめると、情報屋はジャンパーのポケットからコードレスフォンの子機を取り出す。

「電話を二回線つけておいてのは正解だったたな。広間にあるやつを不通にしたから、やつらはもう電話は通じないと信じこんでいるからな」

頭に入っている番号をすばやくダイアルする。

「もしもし」

「私だが……。今の状況はどうなっている？」

「お嬢ちゃんが一人襲われましたぜ。瑠璃子お嬢ちゃんだったたっけな」

「ほう。それで主演男優のほうはどうだ？」

「けっこう複雑な心境みたいですがね。まだ壊す決心がつかないみたいです。やっぱ、人間一人壊すのは、後味が悪いってことじゃねえんですか」

「純粋な男だな。慣れればなにも感じなくなるだろうにな。とりあえず、しばらく楽しませてもらうかな」

「そうですね。まだ始まったばかりですから」

「それじゃ、なにかあったら連絡してくれ」

「了解」

情報屋は、地下室をのぞきこむとにやっと笑ってから、台所からいずこともなく姿を消した。


諒一は地下室に戻ると、瑠璃子を閉じ込めてある小部屋のドアを開けた。

ひんやりとした空気が頬《ほお》を撫でる。瑠璃子は部屋の隅にぐったりと座りこんでいる。

諒一の姿を認めると、大きな声で叫びだした。

「なっ、な、なによ……！」

「決まっているじゃないか。なにが起きるか知っているだろう？」

諒一の作り笑いに瑠璃子の表情が凍った。

引き裂かれてボロボロになった服の胸元を手で覆い隠し、自分を守るように身を小さくしている。

「一度やられたら、後は何回でもいっしょだろう？」

下品な文句を瑠璃子に浴びせかけてから、諒一は瑠璃子の髪をつかみ部屋から引きずり出した。

「いや、はなしてぇ！」

瑠璃子が必死に諒一の腕から逃れようとするが、しょせん男の力の前では無駄な抵抗だった。それでもあがくのは、さっき諒一に犯された痛みと恐怖がよみがえってくるからだろう。

諒一は地下のいちばん奥にある部屋へ、瑠璃子を引きずっていった。

ドアを開けると、瑠璃子の悲鳴が上がった。

天井に裸電球があるだけの殺風景なベッドルーム。陰惨な雰囲気は瑠璃子を恐怖のどん底に突き落とした。

「もうやめて、他のことならなんでも聞くから」

諒一は言葉を終わりまで聞かずに、瑠璃子を乱暴にベッドに押し倒した。

「お前の知りたがっていたことを教えてやろう。なぜ俺がこんなことをするのか。メチャクチャになる前に知っておくほうがいいと思ってな」

瑠璃子の身体が小刻みに震えている。

「俺の妹はお前たちの父親に犯されて、壊されたんだ。今も病院のベッドに寝たきりになっている。いくら名前を呼んでも、答えはないんだ」

諒一はこみ上げてくる嗚咽《おえつ》を歯を食いしばってこらえた。

「信じられないだろうが、お前たちの父親は犯罪者なんだ。だが、もっとたちの悪いことに、社会的に大きな力を持っているからな。どんなことをしても捕まりはしない。ゲームを楽しんでいるんだ」

「う、嘘、嘘だわ。そんなことが……」

「俺も最初は信じられなかった。だが、力を貸してくれた人間がいてな。信じるに足る情報を聞かされたんだ。そうでなければこんなことをするわけがない」

諒一は静かに語りつづけた。

「さて、これで自分がこんな目にあわなければならない理由がわかっただろう。恨むなら父親を恨めばいい」

諒一が立ちあがると、瑠璃子はおびえきった表情で見上げた。さっきヴァージンを奪われたときもひどい屈辱感にさいなまれたが、これから起こることは想像を絶するようなものらしい。

諒一は少し考えた後、処刑の方法を決めた。ベッドの脇にある棚の引出しを開ける。そこには前もってあらゆる性具や媚薬《びやく》の類《たぐ》いが用意されていた。

「待てよ」

起きあがって逃げようとする瑠璃子の腕を、諒一は力をこめて引き戻した。

「いやあ、はなして。もう許して」

諒一は瑠璃子の腕をつかんだまま、引出しの中を探った。手錠はすぐに見つかった。瑠璃子の身体を回転させて、後ろ手に手錠をかける。

「いやぁぁぁぁぁっ！　はなして！　なによ、これ」

自由を奪われた恐怖で瑠璃子は絶叫した。後ろ手に手錠をかけたまま瑠璃子を仰向けにベッドに転がす。

「恐い、恐いわ。なにするつもりなの？」

残った服を剥《は》ぎ取り、血と粘液で汚れきったパンティをひきずりおろした。もともとは美しい紫色をしたパンティは、無惨な姿をさらしている。真っ白で形のよい両足を広げようとすると、体をひねって抵抗しようとする。

「無駄だよ。後ろ手に手錠をかけられたら、絶対に逃げられない」

脚の付け根にはさっき蹂躙《じゅうりん》された淫裂《いんれつ》がのぞいていた。

「いやっ、いやぁぁぁぁ！　見ないで」

諒一は痛々しく腫《は》れあがった陰唇を指でなであげた。破瓜《はか》の血と愛液がこびりついている。犯されたばかりの陰部の生々しい匂いがした。

「もう、許して。お願い」

哀願する瑠璃子の顔は、凄惨《せいさん》な美しささえ感じられた。まるで殉教する修道女のようだと諒一は思った。身体をよじるために、手錠の鎖がガチャガチャと鳴る。

その音が一種異様な妙にエロティックな雰囲気をかもしだしている。

「私にこんなことしてどうなるか分かっているの？」

「その脅しはさっきも聞いたぜ。あいにくだが、お前の父親はまだ助けに来ないようだな。電話が通じなかったかな」

「電話線を切ったのはあなたでしょう？　もうやめて！」

「それはできないな」

諒一は瑠璃子の脚をぐいと開かせて、剥《む》き出しにした陰唇を摘み上げた。そこはまだわずかに愛液に濡れて湿り気を保っている。

ふっくらとした恥丘を撫でまわし、花弁の合わせ目に沿って指をすりおろしていく。

「さっきのじゃ足りなかったんだろ。まだ濡れているぜ、ほら」

秘裂からじわじわ染み出している愛液を指につけて、敏感な肉芽へこすりつけた。

「ひぐッ、ううう、痛い」

生意気な瑠璃子の表情が、ひどく頼りないものに変わっていく。諒一はクリットをつまみ、指先でこりこりともみ始めた。

「やあ、やめて……っ！」

瑠璃子の声が切迫してくる。自分の身体の中にある官能の妖《あや》しい動きに気づき始めているのだ。尖《とが》って、ピンク色に充血してきた淫核を執拗《しつよう》にすりあげていくと、陰唇からじわっと愛液があふれ出てきた。

粘りのある液体が、まだ腫れている陰唇の上を染みのように広がっていく。

諒一はいたぶるように、瑠璃子の耳元で囁いた。

「ちょといじっただけで、こんなに濡れてくるなんて、生まれつきの淫乱なんだな」

「ちがっ…！　淫乱なんかじゃっ……」

瑠璃子は感じていることを隠そうとして、身体をじたばたさせるが、かえって手錠のために手首に無惨な赤い痣を作ってしまった。

諒一はもう一度陰唇に指をはわせ、透明な愛液をすくいとると、丹念にクリトリスになすりつけ、円を描くようにやわらかな愛撫《あいぶ》を繰り返した。

「ん、んん。んあぁ……」

ほどなくして、瑠璃子の声の調子が変わった。整った唇から甘い喘《あえ》ぎが漏れてくる。膝ががくがく震えて、身体のコントロールがきかなくなったことを示していた。

「はしたない声だな。え、お嬢さんよ」

「ちがう。ちがうのー」

瑠璃子はいやいやをするように首を振った。痛みしか感じられなかった淫核に、甘い痺《しび》れが走り始めたのだろう。

「ひっ……あ……！」

羞恥《しゅうち》で赤く頬を染めた瑠璃子は泣きそうな声を上げた。

「はあああ、はあん、はんっ」

もう瑠璃子は官能世界に遊んでいる。諒一は指で淫裂を押し広げて、その奥からとめどなくあふれだす蜜《みつ》のような液体の香りをかいだ。綺麗《きれい》なピンク色をした膣壁《ちつへき》が、誘うように妖しくうごめいている様をしばらく凝視していた。

「もうそろそろいいみたいだな」

「えっ？」

「さっきより楽にできると思うぜ。力を抜くんだ」

諒一は楽しむようにファスナーをおろし、そそり立って熱く脈打つペニスを瑠璃子に見せつけた。瑠璃子はペニスを見ると必死に身体を起こして逃れようとする。

「いまさらどこに逃げるつもりなんだよ」

諒一は挑戦的な口調に変えた。

「今あれだけ感じさせてやったろう？　お礼にお前の中に入れさせろよ」

そう言うと瑠璃子に考える暇も与えずに、腰に手を当てて瑠璃子の身体をすばやく引っくり返した。

「きゃぁぁぁぁなにするの？」

うつぶせにした瑠璃子の尻をできるだけ高く持ち上げ、犬のような格好をとらせた。

「ううっ、いやぁ……っ！　はなしてよ」

犬のような姿勢のまま犯されることに嫌悪感があるのか、瑠璃子は残っている力を振り絞って抵抗する。

諒一は染みひとつない真っ白な丸い尻を、後からしっかりと抱えてから言い聞かせた。

「お前はもう処女じゃないんだ。何回されても同じだろう？　お前はもう汚れているんだからな」

瑠璃子の顔が屈辱にゆがむ。諒一は瑠璃子の尻を押し広げ、いたぶるように肉棒の先端で淫裂の入口を探る。

尻から背中にかけての美しい曲線を楽しみながら、ぬらぬらとした女壁が亀頭にまとわりつくのを確かめると、ズブリと腰を沈めた。

「やあぁっ！　いやあああ！」

秘裂が大きく開いて、怒張したペニスがえぐるように瑠璃子の膣の中にねじり込まれていく。

「いやだ。いやだってば。抜いて、抜いてぇ」

最初より痛みは少ないはずだが、瑠璃子は振りしぼるようにして声を上げつづける。

「いや、私汚れたくないの」

諒一は怪訝に思った。こいつはもうすでに俺に犯されている。これ以上汚れることなんてないだろうに。

壊してやる。感じたくなくても感じさせてやる。諒一は瑠璃子の腰をしっかりとつかんで、微妙なタッチで抽送を続けた。やがて膣の中がぴくぴくと痙攣《けいれん》し、ペニスを締めつけてくるようになった。

苦痛なのか、快感によるのか判然としない瑠璃子の忘我の表情を見ながら、諒一は快楽のポイントを探しつづけた。

腰をグラインドさせながら、膣の中をまんべんなく探索すると、ついに亀頭にザラリとした感覚が伝わってきた。

「うぐうう、ん、ん、むう」

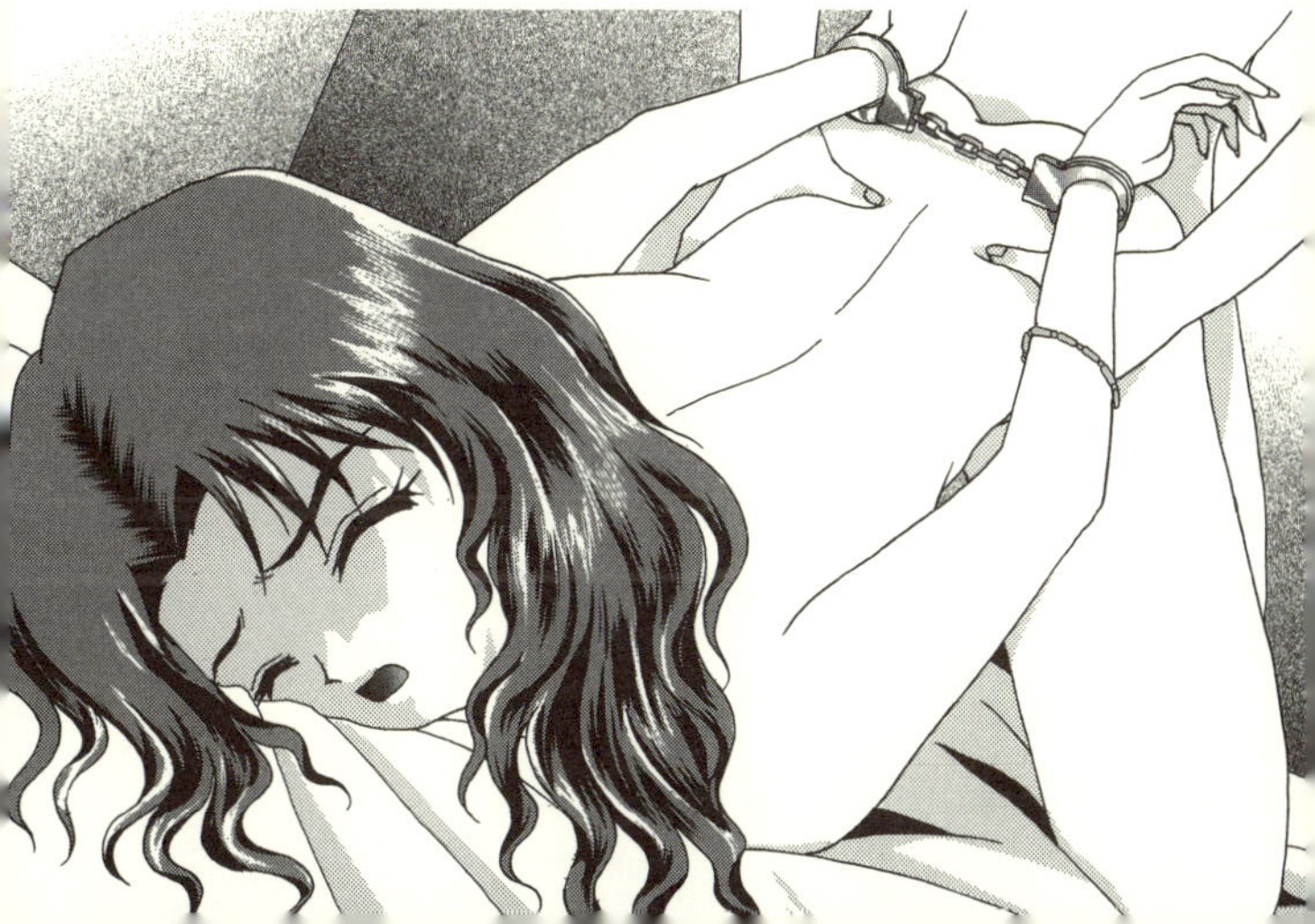

今までとは打って変わった嬌声《きょうせい》を上げ、瑠璃子は淫靡に腰をくねらせた。

なま温かい湿った膣壁が、亀頭を強く刺激して達してしまいそうになるのを諒一は必死でこらえる。

「ここか？　ここがいいんだな？」

先ほどのザラリとした場所を探し当て、もう一度亀頭で強く刺激を与えた。

「あっ、うっ、あんっ……」

瑠璃子の目が焦点を失い、黒目がちの瞳にかすみがかかったようになった。シーツに顔をすりつけながら切なげな喘ぎ声を漏らす。後ろ手にかけられた手錠が、身体の揺れとともに大きな音を立てた。

瑠璃子のスポットに雁首《かりくび》を当てて、繰り返しそこに刺激を与える。

「はっ……くうっ……あっ……」

シーツに顔を押し当てて長い髪を振り乱しながら、切ない声を出して全身を震わせて悶《もだ》えている。

「いい声で泣いてくれるじゃないか。そんなにいいか。獣になっちまえよ」

諒一は瑠璃子の反応を確かめるように、同じ場所に執拗に愛撫を加える。ぐちゅ、ぐちゅ、ぐちゅと瑠璃子の肉を責めさいなむ音が地下室に響く。

「はあああ、あ、あ、くぅ……あぁあぁあぁ」

背中をそらしながら、大きく息を吐く。

「なに？　なんなの、これ……！」

自分の中に湧き上がる快楽の嵐が、瑠璃子自身にも理解できないものらしい。

「あ、あう、うぅ……！　ひぐぅ…くぅ」

諒一は瑠璃子の反応を楽しむようにGスポットをこすりつづけた。膣壁がほぐれてきて、やわらかな無数の指でペニスが包み込まれるように愛撫されている感触に、思わず達してしまいそうになって、あやうくこらえた。

「くっ……」

諒一は腰の動きをゆるめて、射精感が遠のくのを待った。背筋を上り始めた感覚がおさまるのを待って、もう一度尻の奥にペニスを打ち込み始めた。

「ひいぃいぃいぃ、あうぅ、あうぅ、あうぅ」

瑠璃子の目が酔ったようにとろんと潤み始めた。とても少女の表情とは思えない。男を咥《くわ》えこんで快楽に身を任せる様は、性を知り尽くした女のそれだった。

「どうした？　気持ちいいんだろ。もっと声を出せよ、ほら」

瑠璃子は唇を噛んで、声を漏らすまいと無駄な努力を続けていた。耐えている顔が、ひときわいやらしい印象を与える。波打つ背中は、汗でしっとりと濡れて光っている。

諒一は思いきり腰を引いてからふかぶかと突き刺すやり方を繰り返した。ペニスの先が子宮口に当たるたびに電気が走るような快感で腰がしびれる。

瑠璃子の唇から透明なよだれが流れ始めて、シーツに染みを広げていく。

「ん、ん、ん、んぁぁ」

自分が感じていることをまだ認めようとしないかのように、必死で首を振る。

諒一は最後の責めに入った。感じる場所をペニスで強烈にこすりあげる。

「ああっ、んあああぁぁ、はぁ、はぁ、はぁ」

瑠璃子の背中がびくびくと波打ち始めた。諒一のペニスも同じペースで締め付けられる。

ざらざらとした膣壁が、痺れるような極美の快感を与えてくる。

「ご、ごめんなさい、お父様。あ、あああぁ」

瑠璃子の身体が細かく痙攣する。諒一のペニスを締め付け、絞るように吸い上げる。

「は、は、は、はう、はう、うぅぅぅぅ」

瑠璃子の痙攣が最高潮に達した瞬間に、諒一は渾身《こんしん》の力で瑠璃子の尻を貫いた。

ペニスの先端を子宮口の先端に叩きつけるようにしながら、精液を一気に噴出させる。

熱い精液の塊がどくどくと吐き出されていく。

「あ、ああっ…もう、もうだめ、もうだめぇ……!」

瑠璃子は精液のほとばしりを感じて、絶頂に達していた。苦しげな表情で、呼吸をくりかえす。諒一の精液が膣の中にあふれていった。

諒一の放出が終わると、瑠璃子はベッドの上に身体を伸ばして動かなくなってしまった。諒一は、精液と愛液でどろどろになったペニスを引き抜いた。

陰唇をつたって、白濁した液がとろとろと流れ出していく。瑠璃子は顔を伏せたまま小さな嗚咽を漏らしつづけていた。

諒一は後ろから瑠璃子の尻を無理やり広げて、濡れた陰毛の中に指を這《は》わせた。

「もう、おしまいじゃないの？」

涙でぐしゃぐしゃになった美しい顔をゆがめて、シーツをつかみながら泣くのをやめない。それでもそんな顔を見られたくないのか、シーツをつかんで顔を隠そうとする。

諒一は満足そうに瑠璃子の顔を見ていた。もうこいつにはなにもない。そう思うと事をやり遂げた実感がじわりと胸の中に広がっていった。

こいつは壊されて当然なんだ。奈々も同じ目にあったんだからな。

瑠璃子はもう諒一の顔も見ていないし、声も聞いていなかった。うつろな瞳で虚空を見ながら、瑠璃子は遠い昔の記憶のなかに帰っていた。

瑠璃子は大きな広間で人形と遊んでいた。だが、ふとしたはずみに人形が着ていた洋服にジュースをこぼしてしまった。それは大変悪いことのように思えた。

「どうしよう。おとうさま怒るかな？　リリーちゃんのこと汚したこと怒るかな」

幼い瑠璃子は思いきって父に告白する。

「あ、あのね、おとうさま。怒らないでね。リリーちゃんの服にジュースかけて汚しちゃったの」

「リリー？　ああ、あの人形のことか」

「わざとじゃないの。ほんとうにわざとじゃないの」

「分かっているさ。それでその人形はどうしたんだ？」

瑠璃子は後ろに隠し持っていた人形を父に見せた。父は冷たい目で人形を見た後、それをつかんで家の裏にある焼却炉へ歩いていった。

「え？　どこへ行くの？　おとうさま。リリーをどこに連れていくの？」

父は焼却炉の前で、瑠璃子を見下ろして言った。

「瑠璃子。人形は綺麗だからこそ価値があるんだよ。綺麗じゃない人形は、もう人形じゃないんだよ」

父は燃え盛る炎の中に人形を放り投げた。

「おとうさま、どうして？　あたし、リリーのこと大事にしていたのに」

「汚れた人形は、もう人形じゃないんだ。ただのゴミなんだ」

「リリーはゴミじゃないもん。私の大切な友達だったんだもん」

炎に包まれた人形の目が熱で溶け出し、まるで泣いているように瑠璃子には見えた。

「おとうさまは、瑠璃子のことも人形のように見ている。そう、汚れた人形はいらないのね。だから瑠璃子も綺麗でいなきゃいけないんだ。綺麗でなきゃ捨てられるんだ……」

「もう、私なんていらないんだわ」

瑠璃子はうつろな目をして一人で呟いていた。

「綺麗じゃなくなった私なんて、いらないの。もう誰も大事にしてくれないもの」

父はもう大事にしてくれない。あの人形のように捨てられるのだ。

「私はもう人形でさえないんだもの」

諒一はぶつぶつと独り言を言う瑠璃子の手錠をはずした。手首には痛々しい赤い輪ができている。

「もうおしまいなの。なにもかもおしまいなの……」

生気の失せた両の目から涙をこぼしながら、瑠璃子はうわ言のようにそう繰り返していた。

瑠璃子を小部屋に連れていって閉じ込めると、諒一は無言のまま地下室を出た。

台所へ戻ると、食器棚を元の位置に動かして地下室への階段を隠した。

「これでいいんだよな、奈々」

諒一は無意識に奈々に語りかけていた。いま自分がしたことを考えると、そうしないではいられなかった。

奈々が感謝するように言ってくれているような気がした。

「ありがとう、お兄ちゃん。壊してくれたんだね、あの人のこと」

諒一はまだ復讐が始まったばかりであることを知っていた。


ナツキは広間のなかを不安そうに歩いていた。この静寂が不気味だ。さっき聞こえた物音はいったいなんだったのだろう。まさかみんな捕まってしまったのではないだろうと思うが、人の気配がしないのがおかしい。

気がつくと正面に諒一が立っている。しまったとナツキは思ったが遅かった。

「どうした？　逃げないのか？」

諒一の余裕ある態度がナツキの気にさわった。

「最初から逃がす気なんかないくせに」

ナツキは諒一にそう言ってぐっとにらみつける。それから一瞬の隙をついて、なんとか二階に逃げようとした。だがナツキの腕を諒一はつかんで強引に引き倒した。

「は、はなせよ。やめろよ。はなせって言っているだろ」

諒一とナツキは床の上でもみあいながら、転げまわった。ナツキが大声で叫ぶ。

「誰か、誰かこいよ」

いくら叫んでも誰も現れないのを知ると、ナツキの表情にあせりの色が濃くなる。

「みんなお前がどうなってもいいらしいな。薄情な姉さんだな、葵も」

「あいつがあたしのこと助けにくるわけないんだよ」

「それは残念だったな。それじゃさっきの続きでも始めようか」

諒一はそう言ってナツキの胸に手を触れようとした。まさにその時、ナツキの目が大きく見開かれた。何者かの手で諒一の身体がナツキから引き離された。

「ナツキ、今のうちに逃げて」

葵だった。

「やめろよ。あたしのこと妹だって思ってないくせにそんなことすんなよ」

「逃げなさいって言ってるでしょ。それにあんたのこと、私、妹じゃないなんて思ったこと、ない」

諒一の腕を押さえつけている葵の腕がわなわなと震えている。

ナツキは葵の言葉に促されて、飛び上がるようにして立ちあがり走っていった。

「よかった」

安堵《あんど》する葵に諒一は苛立《いらだ》ちを隠さなかった。

「なに勘違いしているんだ。あいつを逃がせばお前をやるだけだ」

「分かってるわ。でもあのまま見捨てたら、きっと後悔するもの」

「ご立派な姉妹愛だな」

今ここで葵を襲うより、ナツキをターゲットにしたほうが葵にはショックが大きいだろう。諒一はそう考えて、葵を解放した。より残酷にことを運ばなければ、奈々が浮かばれない。

「どこへいくの?」

「ナツキをやるんだよ。お前より先にな」

「ちょっと待って……」

葵の身体を押しのけて、諒一は二階に突進した。上階と下階を逃げ回るナツキをついに追いつめたのは、台所だった。

「どうやらゲームオーバーのようだな」

「聞かせろよ、なんでお前に犯されなきゃなんないんだよ」

「くだらない質問だな。とにかくこれで追いかけごっこは終了だ。お前がそんなことを知る必要もない。知らないほうがいいってこともあるしな」

諒一はナツキの腕をひねって床に倒すと唇を開いて舌を入れた。ナツキの舌をおもいきり吸い上げる。

「んっ…くっ…」

ナツキはなんとか諒一から逃れようともがいた。口を吸われて苦しそうな声を上げる。

「…つっ！」

諒一は鋭い痛みを口の中に感じて、ナツキを突き飛ばした。錆《さ》びた鉄のような味が広がっていく。ナツキに噛まれたのだということが分かると、諒一の怒りが頂点に達した。

「もう容赦しないからな！　元気のいいのが仇《あだ》になったな」

諒一はナツキの身体を仰向けにして押さえつけてから、耳と言わず首と言わずぬめぬめとした舌で愛撫を続けた。

「やめろー。気持ち悪い」

ナツキの肌が粟立《あわだ》つのが分かる。間髪を入れずにタンクトップをブラジャーごとたくし上げた。まだ発達しきれていない小ぶりな乳房が現れた。まるで熟していない果実のようだが、諒一はかまわずもみしだいた。

「うう、痛い、痛い」

ナツキはしきりと苦痛を訴える。諒一は陥没していたナツキの乳首を舌で探り出して、勃起《ぼっき》させた。チュウチュウと音を立てて吸いたてると、小さな乳頭が頭をもたげてくる。

「感じてるのか？　乳首固くなってきたぜ」

「お前にべたべた触られると気持ち悪いんだよ」

「そうか、気持ち悪いか。でもな、すぐに気持ちよくなってくるさ。少し我慢していればな」

諒一はナツキのショートパンツに手をかけた。いっきに膝まで引きおろす。さっき庭で見た子供っぽいパンティが目に入った。

「やだっ」

ナツキが初めて弱気な声を出した。すかさずパンティの上から、淫裂に指を這わせる。ぴったりと閉じた秘唇をくすぐるように愛撫すると、ナツキの爪《つめ》が鋭く諒一の腕に食い込んできた。

諒一はナツキの前髪を鷲《わし》づかみにして、後頭部を強く床に叩きつける。

「うぐぅ……！」

ナツキはくぐもったうめき声上げて、苦痛のためかきつく目を閉じた。クレバスにそって指を滑らせ、蜜壺《みつつぼ》の入口にパンティ越しに指を入れると、ナツキはエビのようにビクンと身体をそらせた。

「やめ……やめて。やだあ！」

諒一はナツキの指先がふるえていることに気づいた。それは嫌悪感からくるのか、それとも心ならずも感じ始めている兆候なのだろうか。

ナツキの秘裂が熱を帯びてきたのが分かる。諒一の指先が湿り気を感じ始めていた。

「感じているのか？」

「そんなの、そんなのあるわけないだろっ！」

挑戦的なナツキの態度に、諒一は苛立ちを覚えて、パンティを横にずらして、じかに陰唇をまさぐり始めた。

薄い茂みが申し訳程度にはえているが、まだ脂肪のついていない身体は、まるで少年を裸にむいているような気分にさせられた。

諒一は中指をナツキの淫裂の中に滑り込ませた。

「いた……痛いっ！」

指先に処女のしるしが感じられたので、手前で指を動かすときゅっと締めつけてくる。ナツキの中はかなり狭かった。諒一が指で中を手荒にかきまわし始めると、ナツキは泣き声を上げた。

「痛いってば。痛いんだよ」

「もうあきらめろよ。逃げられないさ。ここでお前は犯されるんだ」

諒一の言葉を聞くと、反射的に身を起こして、諒一の首筋に思いきり爪を立てて切り裂こうとした。

ナツキは、不意を突かれて諒一の手が緩んだのを感じて、すかさず諒一の身体を突き飛ばして、床に膝を突いてよつんばいの姿勢のまま逃げようとした。

ナツキは必死で考えていた。あたしはこんな所で、こんなやつにやられるわけにはいかないんだ。逃げなきゃ！

諒一がナツキの足首をつかんできた。おぞましいほどの執念が感じられて、ナツキは思わず悲鳴を上げた。

「はなせ！　はなせよっ！　気持ち悪いんだよ、お前」

ナツキは自由に動くほうの足で、思いきり諒一の顔を蹴りつけた。諒一の口から血が流れ陰惨な顔つきになる。ナツキはドアに向かって突進し、なんとか逃れようとしている。

諒一は流れ出る血をこぶしでぬぐいながら、ナツキをドアの前に追いつめていった。

「逃がしてたまるか。お前を逃がすわけにはいかないんだ」

鬼気迫る諒一の姿にナツキはすくみ上がった。だが、それでもナツキは最後の気力を振り絞って叫んだ。

「来るな！　そばに来るなよぉ！」

ナツキの金切り声にも諒一はいっこうに動じる気配はなかった。ナツキの髪を思い切りつかむと、自分の身体ごとドアにナツキを打ちつけた。

「はなせよ。こんなことたくさんだよ」

ナツキはまだ抵抗を続ける。諒一は静かにナツキに話しかけた。

「そうか、分かった。立ったままやってほしいのか」

ナツキは諒一の言葉の意味が理解できなかった。諒一がなかば狂気の世界にいることが分からなかったのだ。

諒一はナツキの身体をくるりと反転させ、背中を身体全体でドアに押し付けたまま、押し殺した声で囁いた。

「望み通り、立ったまま入れてやるよ」

なにかを言いかけたナツキの口をこじ開け、指を無理やりねじ込むと諒一の指にナツキの唾液《だえき》がねっとりと絡みついた。

諒一が突然指を引きぬくと、ナツキは激しく咳《せ》き込んで、目に涙を浮かべた。

「げふ、げふ、がはっ！」

苦しむナツキをせせら笑うように、諒一はファスナーを下ろして。どくどく脈打っているペニスを引き出して、指先に取った唾液をなすりつけた。

「準備はいいか？」

そう言うと諒一はいきなりナツキのパンティを膝まで引き下ろした。女らしさには欠けるが、初々しい尻がむきだしになった。

「やだ、やだ、さわるなよぉ！」

諒一はナツキの蜜壺の入口にも、丹念に唾液を擦《こす》り付けていった。ナツキはドアに爪を立てて、恐怖の表情を浮かべている。

「誰か！　誰か助けにこいよ。誰か！」

この期《ご》に及んでもナツキはあきらめずに、ドアを叩いて大声で助けを呼んだ。

「あきらめろよ。往生際が悪いぜ。べつに殺すわけじゃない。気持ちいいことかもしれないぜ」

諒一はそう言うと、ナツキの下腹に手を入れて、尻を手前に引き寄せた。それからナツキの場所を探し当てると、ペニスの先端をあてがい容赦なく押し入っていった。

唾液は入口に塗っただけなので、ナツキの淫道はほとんど濡れていない。きしむような感じで男根がぎしぎしとねじり込まれていく。

「いやあぁぁぁぁぁぁ！」

挿入された瞬間大きく息を呑《の》み、ナツキは身体が引き裂かれたかのような悲鳴を上げた。

不自然なぐらい見開かれた瞳がひどい苦痛を物語っている。全身は石のように硬直したままで、身じろぎもしない。諒一はぐいぐいと未成熟な膣の中に、ペニスを押し込んでいくが、強い弾力で押し戻されてしまう。

「痛い。くう。く、苦しいよ……」

ナツキはドアにがりがりと爪を立てて、苦痛を訴える。背中を思い切りそらして、少しでも楽に受け入れようとしているのが分かる。

諒一はもう一度力強く腰を突き出した。ひときわ大きな悲鳴がナツキの口から発せられた。しかし、誰も助けに来る気配もない。息をひそめてナツキがなぶられるのを聞いているのかもしれない。

「く、狭いな。もっと力を抜けよ。貫通式が終わらないぜ。苦しむのはお前なんだから」

「ぎ！　ぐ！……あああぁぁぁぁ、んむ」

諒一が肉壁の抵抗をついに打ち破ったとき、ナツキはもういちど絶叫した。そのとたん諒一の肉棒は、ナツキの肉体の奥まで呑み込まれていった。

「ぐううぅ……」

諒一はようやく呼吸を再開する。下を見ると諒一のペニスはふかぶかとナツキの尻の中に突き刺さっていた。

ナツキはボロボロと涙を流しながら、肩を上下させて荒い息をついていた。

「はあああぁぁ、ん、ん、ん」

諒一は足の位置を決めると、ナツキの固い乳房を揉《も》みながらゆっくりと腰を前後に動かし始めた。愛液の量が不足しているので、ときどきヤスリで亀頭を撫でられたような感覚に襲われる。出し入れしているペニスを見ると、赤い粘液がぬるぬると糸を引いていた。

「ぎいぃ、いた、痛い……ッ！」

ナツキの嗚咽に合わせて膣の壁が収縮するのが分かる。諒一はナツキを追いこむように徐々にピストン運動の速度を上げていく。ナツキの内部の肉壁は、異物を排除しようとするかのように、ぎゅっ、ぎゅっと締めつけてくるのだが、その圧力に抗するように突き入れていくと、世にもまれな甘美な快感に包まれる。

諒一はきつい感触を楽しむように、円を描くようにして抽送を繰り返した。ナツキは激痛から逃れようとして、しきりに身体を振ってむなしい試みをくりかえす。

「うっ…いた…痛い……むぐう」

ついにはナツキは全身を痙攣させて苦しそうにうめいた。激しく連続した痛みのために、意識が遠のき始めているのかもしれない。だんだんと、両の目から光が失われ、焦点がはっきりしなくなる。

諒一はそれを見て、ナツキの髪を乱暴に引っ張って頭を揺さぶり、覚醒《かくせい》させようとした。

「おい、まだ天国に行くのには早すぎるぜ」

ナツキの膣の中がやっとこなれてきたのが分かる。諒一はナツキの腰を抱え込んで、杭《くい》を打ちこむように奥へ奥へと突き入れる。

「どうして、誰も、助けにこないんだよう……」

きつく握り締めたこぶしでよわよわしくドアを叩きながらナツキはうわ言のように繰り返した。

諒一はいよいよ激しくナツキを責め始めた。亀頭が抜ける寸前まで引きぬいては、子宮口を突き破るほどの勢いで奥深くまで突っ込む。激しいピストンを繰り返すうちに、ナツキの陰唇は充血して、ついさっきまで処女だったのが嘘のように妖艶《ようえん》な光をたたえている。

「は、ふう、は、は、ん、んんん」

ナツキはもやは自分の体重を支えきれずに、ドアに凭《もた》れかかってがくがくと身体を揺らしている。

諒一のスラストは猛烈な速さになっていた。爆発せんばかりにペニスの容積が膨張しつつあるのを諒一は感じ取っていた。

「いいか」

諒一はいったん言葉を切ってから、喘ぐようにして言った。

「中に出すからな。おまえの体の中にぶちまけてやるからな」

「ああ、やめろぉ！」

ナツキは涙を流したまま首を振る。なんとしてもそれだけは避けたいと願っているのが分かった。諒一は残酷な笑みを浮かべつつ、ナツキの腰をしっかりと押さえ込みながら、淫道のいちばん奥深くに白濁液を吐き出した。

「やあぁぁぁ！　ああああぁ！」

ナツキの絶望感に満ちた絶叫が響き渡る。

「ううう、ううう、うぐ」

諒一は苦しげにうめきながら射精を続けた。ナツキにとっては永遠とも言えるような長い時間だった。

最後の一滴まで残さず注ぎ込むと、諒一はやっとナツキの中から肉棒を抜き出した。ナツキは力尽きたように、その場に膝をつき、ドアに凭れかかってぐったりとしている。こらえきれぬように小さく嗚咽を漏らしながら、自分の膣口からドロリと流れ出した精液を呆然と眺めている。

「ううっ…うっ…う…」

ナツキが身体を痙攣させて泣くたびに、精液が滴り落ちる。

「どうして……」

ナツキは言葉が続かずに、しばらくぼんやりしたように虚空を眺めていた。

「どうして……なんだよ……」

ナツキは意味もなくその言葉を繰り返していた。

諒一はそんなナツキを冷たい目つきで見つめたまま、じっと凍りついたように動かなかった。


しばらくしてようやく諒一は自分を取り戻した。ナツキの身体を抱えて、脱がせた服をつかんで地下室への階段を降りた。

また情報屋がニヤニヤ笑いを浮かべて立っている。諒一は見張られているようないやな気がして無視しようとした。

「なんか浮かない顔しているな。いま壊しておかないと逃げられちゃうかもしれないぜ」

「そんなドジは踏まない。瑠璃子は確実に壊したのを知っているだろう」

「でもなあ、あんたに迷いがあるのが分かるんだよ。妹があんなひどい目にあわされたんだから、あんたには復讐する権利があるのは間違いない。でもあんた自身は、こういうやり方に、どこかで疑問を感じてるんじゃないかって気がするんだ。あんたがやりたくないってんだったら、さっきのお嬢さんのときも言ったが、俺が代わってやってもいいんだ」

「けっこうだよ。俺は自分の手でやり遂げたいんだ」

諒一はそう言うと、ナツキを地下室の奥にある小部屋に運ぼうとした。

「ところでよ、さっき壊したお嬢ちゃんを使って、気晴らししてもいいかな」

「かってにしろよ。あんまり楽しくないかもしれないがな。完全に壊れてるんだぜ」

「そういうのもいいやな」

そう言うと情報屋は瑠璃子を閉じ込めてある手前の小部屋に入っていった。

諒一はその後姿に激しい嫌悪感を抱いたが、なにも言わなかった。

ナツキの身体は意外に重かったので、早く奥のベッドのある部屋まで運んでしまいたかった。

薄暗い部屋に運び込むと、諒一の顔に満足そうな笑みが浮かんだ。

これからゆっくり壊してやる。確かにこいつらにはなんの責任もない。だが、奈々が繰り返し俺の前に現れて、復讐をせがむのだ。

「壊して、壊して、その子たちを徹底的に壊して」

諒一の耳には奈々の悲痛な叫び声が、つねにこだましていた。


やわらかなシーツの感触に包まれて、ナツキは目を覚ました。ここはどこなんだろう。あたしはどこにいるんだろう。ナツキはまだ夢の中にいるような気分だった。

「おい、起きろ」

男の声がした。誰だろう？　それに身体がべたべたしている。ナツキは薄く目を開けた。

「聞こえないのか、起きるんだ」

確かあたしは葵たちと一緒にいて……。

そうだ、あいつに襲われて……。

なんてこと！

ナツキが起きあがると目の前に諒一が立っていた。

「気がついたか？　なにか言いたそうだな」

諒一はからかうようにこちらを見ている。ナツキは怒りのあまり言葉が出てこなかった。

破瓜の痛みがナツキに現実を思い起こさせた。追い討ちをかけるように諒一が言う。

「この後なにをされるかもう分かっているよな」

諒一が腕をつかむと、ナツキは全身の力を使って暴れまくった。

「やだ、やだ、やだ。あんなのもういやだ」

ナツキがベッドから逃げようとすると、諒一はナツキの腕をつかんだまま、ベッドの脇にある引出しに手を伸ばした。

諒一は引き出しの中から、透明な小瓶を取り出してナツキに見せた。

「こいつを試してやろうと思ってな。お目覚めを待っていたんだ」

「あたしはあんたのことを絶対許さないから」

「許してもらおうなんて思ってもいないし、その必要もない」

諒一は話しながら、ナツキのそばに寄ってくる。

「く、来るな、来るな、来るな」

ナツキは必死であとずさるが、すぐに諒一に捕まってしまう。諒一はなんの容赦もなくナツキの身体を押さえつけて、脚を強引に広げさせた。

「暴れるなよ。暴れると殴るぜ」

諒一はナツキの首をつかんでシーツに押しつける。

「やめろよ。息が苦しいじゃないか」

「騒ぐな。俺を怒らせるんじゃない」

諒一はそう言うが早いか、瓶の中のクスリを指に取り、ナツキの秘部に塗りつけていく。

真っ白い粉がナツキの陰唇に擦り込まれて、瞬く間に瓶は空になった。さらに念入りに指先でナツキの陰部をこね回した。

「さあ、これで終わりだ。後はクスリが効いてくるのを待つだけだな」

「いま、なにをしたんだよ。なんの薬を塗ったんだよ」

ナツキは諒一をねめつけるように見た。すると視界が不意にゆがんだ。諒一の姿も奇妙にゆがんでいく。おまけに身体がほてるような気がする。

「なんだこれ。なにしたんだ。お前、あたしになにをした！」

「今度は感じさせてやろうと思ってな。この世のものとは思えない快楽を味わうことができるんだ」

ナツキは自分の身体に起きつつある異変に気づいていた。頬が紅潮し、背中がじっとり汗ばんでくる。なによりも身体の芯《しん》がうずくような感じがいやだった。

「ほら、どうした。逃げてみろよ」

「うるさい。あれ、なんか……」

ナツキは言い表せないような奇怪な感覚にさいなまれていた。腕にも脚にもまるで力が入らない。

「効いてきたみたいだな」

「効いてきたって、なに…が……」

言い終える前にナツキは仰向けにされて、大きく脚を開かされていた。諒一はいきなり

股間《こかん》に顔をうずめ、包皮越しに淫核を舌先で舐《な》め上げた。

「んんああ、はう」

ナツキは思わず声を上げていた。なによりも声を上げた自分に驚いていた。だんだんと充血してきたクリトリスを吸われると、腰のあたりがじんわりと熱くなってくるのが分かった。

「なんだ。腰をひくのか。やめてもいいのか？　こんなに濡れてきてるじゃないか」

「うう、そんなこと……」

喉《のど》もしびれてうまく声が出ない。ナツキは必死に意識を集中させようとしていた。さっきのクスリのせいなのか？　なんなのだ、あのクスリは？　ナツキは考える力を失い始めていた。

諒一は陰唇を指で開くと、内部をかきまわすようにしてもてあそび始めた。

ぬちゃ、ぬちゃという淫猥な音が部屋の中に響き渡る。

「ううううあああ！　ん、ん、ん」

破瓜の痛みが嘘のように消えて、代わりに甘い疼《うず》きが腰の奥に生まれていた。諒一が陰唇を引っかくように愛撫し、中をかきまわすたびに、あまりの刺激に意識が飛んでしまいそうになる。

ナツキは内心の動揺を隠せなかった。いったい自分の身体はどうなってしまったのか。こんな男にいじりまわされて、心ならずも感じてしまうなんて。

「ほうらこんなに濡れているのに、やめて欲しいのか？」

「なにをする……ううう……はぅ！」

諒一に秘唇をいじられるたびに身体中を走る、えもいわれぬ淫靡で妖しい快感に、ナツキは頬を紅潮させて耐えていた。ときたままたまらずに身体をビクンとそらせて、大きなため息をついてしまうのが、ナツキは悔しかった。

「う…気持ち悪い……」

ナツキの透明に糸を引く蜜を指に取り、諒一が笑いかけた。

「こっちもためしてみるか」

「え？　なんだよ…なにするつもりなんだよ」

諒一に尻のすぼみに触れられると、初めての異様な刺激にナツキは思わず身をひねった。

「こいつ、なにするつもりなんだよ。こっちも試してみるってなんだよ」

ナツキはそう叫びながら、頭の芯がしびれて、思考が働かなくなってきたことに気づいていた。

諒一はアナルの中心に、愛液を丹念に塗りたくっていった。薄紅色をして襞がたくさんあるナツキのアナルは、しだいにほぐれていやらしい収縮を繰り返すようになってきた。

円を描くようにずぶずぶと人差し指を指しこんでいくと、直腸の内部が熱いほてりを諒一の指に伝えてきた。

「うぐっ、うぐっ……ひゅう、くうううう」

いままで感じたことのない快感が身体の内側から湧きあがってくるのがわかる。

「なに、なに、いったいなにするんだ」

諒一は無言のままナツキの身体を裏返した。動物のような屈辱的な姿勢をとらせ、尻を思いきり突き出させる。引出しから大きな張形をとり出すのを見ると、さすがのナツキも恐怖の表情を見せた。

その口にいきなりバイブレーターの先端が押し込まれた。

「ん、ん、ん、ん、ぐふう、げほ」

器具の先端で喉の奥まで突かれると、ナツキは苦しげな声を出した。

諒一がナツキの口からバイブレーターを引きぬくと、透明な唾液がバイブの先端からナツキの唇まで糸を引くようにつながっている。

激しく咳き込んだナツキは、口を手の甲でぬぐいながら諒一をにらんだ。

「なんだよ、これからが本当のお楽しみってやつだ。期待してもらいたいもんだな」

諒一はナツキの脚を割り開かせた。尻を両手で思いきり広げると、中心にあるすぼみがひくつくのが見えた。

「少し痛いかもしれないが、死ぬことはない」

平然とそううそぶくと、ナツキの菊座にペニスの先端をあてがった。

「まさか。やめっ……」

ナツキが驚愕《きょうがく》の表情で諒一を見た。

「ああそうだ。前にもなにか入れてやらないとな。ふたつの穴が楽しめるなんてお前は幸せ者だよな」

ナツキは頭を振って拒絶するが、諒一はバイブレーターのスイッチを入れた。ウィーンというモーターの音が無気味なのだろう。ナツキの身体が小刻みに震え始めた。

「ほら欲しいだろ。入れてやるよ。奈々もいやだって言ったんだ。だけどあいつらは入れたんだからな」

ナツキは諒一の言葉を聞く余裕などなかった。

「こんなのまともじゃない。いやあ。気持ち悪い」

「往生際が悪いやつだな」

バイブレーターの黒々とした先端が、赤くめくれあがった陰唇にぐいぐいと呑み込まれていく。ふかぶかと挿し込むと、諒一はスイッチを入れた。低いモーター音が膣の中から聞こえてくる。

その瞬間を狙ったかのように、諒一のペニスがアヌスにねじり込まれた。

「やめ、やめ、やめてえ」

絶叫するナツキの身体を起こしてつながったまま膝の上に抱え上げる。ナツキが暴れれば暴れるほど、自身の重みでギリッ、ギリッと奥までペニスが呑み込まれていく。

「や、やだよぉ……」

悔しさと情けなさでナツキは泣いていた。入口が裂けたのか、諒一の内股《うちまた》に血が滴って落ちる。けれども痛みは逆に少なくなっていく。それがナツキには恐ろしくもあった。

諒一はふたたびナツキをよつんばいにさせて、腰を使い始めた。

「うぐううう、むう、き、きつい。くるしい」

腹の底からうめき声が漏れる。ナツキは諒一からなんとかして逃れようとするが、その動きが逆に諒一のペニスを締め付けるらしい。

「そんなに締め付けるなよ。いっちまいそうになる」

「ひいぃ、あうぅ、はう。はあ、はあ、はあ」

身体の奥の疼きがだんだん大きくなるのを、なんとかコントロールしようとナツキは無駄な努力を重ねた。諒一は喘ぎながら、何度も何度もナツキの直腸を蹂躙した。

ナツキはバイブレーターと諒一のペニスの両方に薄い膜一枚へだててこすられて、妖しいうごめきが身体の中からせり上がってくるのがわかった。

「気持ち悪いよ。変だよ。ほんとに気持ち悪いよ」

ナツキはそう言いながら、あるはずの苦痛がなくて、かえって甘美な疼きが感覚を支配し始めているのに驚いていた。

「あく、くうう……」

シーツをつかんだナツキの手がぶるぶると震えた。鼻にかかったような喘ぎ声を出し、びくびくと身体が痙攣する。

諒一が動きを速めると、のぼりつめるような快感で頭の芯がしびれて思考が飛んでしまうのがわかる。

「ひいい。もっとぉ…」

ナツキはもう自分がわからなくなっていた。こんなの気持ちいいわけないのに。それなのに、なぜなの。

ナツキは気がつくといつのまにか諒一の動きに合わせて、腰を使い始めていた。後の穴を犯されているのに、まるで痛みがない。

もっともっと深い快楽と陶酔が欲しかった。尻をゆすって、菊座に突きたてられているペニスを味わう。

「はあ、はあ、はあぁぁぁぁぁっ。いい、いい、いいー」

諒一は射精寸前にペニスを抜きとって、仰向けに転がしたナツキの顔めがけて精液をほとばしらせた。

「ひっ！」

ナツキは悲鳴を上げて、顔をそむけようとする。だが、見る間にナツキの顔はおびただしい精液で汚されていく。

諒一はまだナツキをいたぶるのをやめなかった。まだ脈打つペニスの先端で、自分が放出した精液をナツキの顔中に塗りたくろうとした。

「やあ、やだあ。はなせよ。きゃぁぁぁぁ」

諒一は泣きじゃくるナツキの髪をつかみ、何度も揺さぶる。

「聞こえないのか？　舐めてきれいにしろと言っているんだ。また後ろに入れられたいのか？　言う通りにするんだ」

諒一は精液とアヌスの粘液にまみれたペニスでナツキの頬をつつく。顔中に淫液を塗りたくられて、ナツキはついに肩を震わせて号泣し始めた。

「どうして、どうして、助けてくれないの……」


ナツキは葵と初めて会ったときのことを思い出していた。

清楚《せいそ》な印象とは反対に敵意に満ちていた葵。

「あなたのお母さんはね、私の母を殺したの。だからこんな目にあわされてもいいの。あなたがいなければ、母さんは死なずにすんだの」

「そうなのかな」

「そう。あなたはいなくてもいいいの。あなたなんていらないんだから」

「あたしなんかいらないんだ。だからこんな目にあわされても仕方ないんだ、あたしは壊れたほうがいいのね」

ナツキはぶつぶつと呟きつづけた。表面の強さに隠されていたナツキの傷が、壊されたことでふたたび浮かび上がってきたのだ。

「そっか、もうどうでもいいや。あたしは、もういらないんだから。あたしがいなければ、みんなが幸せになれるんだから」

涙と精液とよだれで汚れたナツキから、不意に笑みがこぼれた。生臭い精液を飲まされても、アナルに入れられたペニスを舐めさせられてもなにも文句も言わない。

ナツキは心の中で呟きつづけていた。あたしはもういらないんだ。どうなってもいいんだ。

諒一に犯されたショックを自分の中で合理化するために、無意識に自分を無用の存在と位置付けて、かろうじて最終的な自我の崩壊を防ごうとしている。

ナツキは諒一のペニスを舌で清め終わったあと、にっこりと笑った。

ナツキを壊した諒一は、手前の小部屋にいるはずの情報屋と瑠璃子に声をかけた。

「はい、どなた……」

返事をしたのは、瑠璃子だった。

「あの男はどこへ行った？」

「さきほど一人で出ていきました」

どうやら情報屋は瑠璃子の身体を楽しんだ後またどこかへ消えたようだ。

ドアを開けると、瑠璃子はフラフラとした足取りで諒一の方へ歩いてきた。小部屋においてある椅子《いす》に座らせると、瑠璃子はわずかに抵抗した。

諒一は無言のまま、瑠璃子の頬を何度か平手で殴った。

「聞こえないのか？」

突然殴られたことが、瑠璃子に恐怖の感情を強烈によみがえらせたらしい。目をうるませて諒一を見上げた。諒一は目の前に萎《な》えたペニスをズボンから取り出した。

「舐めろ」

瑠璃子は、小首を傾げて諒一を見た。言っている意味がまだよく分からないらしい。

「こいつをきれいにしろと言っているんだ。聞こえないのか？」

諒一は無理やり髪をつかみ、ペニスを顔に押し付けた。

「くる……し……」

瑠璃子はそう呟くと素直にうなずいた。それからためらうことなく諒一の肉棒を口に含んで、子供が飴玉《あめだま》でもしゃぶるように舌を使い始めた。

諒一は、試すように傲慢《ごうまん》に言った。

「歯を立てるなよ。そうだ、もっと舌をうまく使うんだ」

「ふぁい、分かりました」

瑠璃子は諒一のものを咥えたまま返事をする。瑠璃子は雁首に舌をからめて、いとおしそうに舐めまわすかと思えば、鈴口からさおの根元まで裏筋に舌を這わせたりして、諒一を楽しませた。

「ん、ん、ん、ん、ん、ん」

瑠璃子が無心に舐めつづけると、諒一のモノはみるみる硬度を増していく。無理やり喉の奥まで突っ込んでやると、瑠璃子は苦しそうにむせた。だがまたすぐに、じゅるじゅると淫猥な音をさせて諒一のペニスをしゃぶり始めた。

「奈々見てるか。仇討ってやったぜ」

諒一は心の中で叫んでいた。奈々をあんな目にあわせた男の娘が、うめきながら自分のペニスを加えて、舐め上げている光景は爽快《そうかい》だった。

「ううん、ううん、ううん、むぐ」

諒一は瑠璃子の頭を抱え込んで、道具のように前後に動かして快感をむさぼった。瑠璃子は苦しそうに瞳のふちに涙を浮かべて、なおもペニスにむしゃぶりつく。

不器用で稚拙な愛撫を続ける瑠璃子の顔を見ていると、諒一は激しく欲情していった。

あやうく射精しそうになったとき、諒一はてらてらと光るペニスを引きぬいた。瑠璃子は不思議そうな顔で見上げている。

諒一は小さなテーブルに載っているステンレス製の皿を手にした。犬が食事をする時のために作られた皿だ。その皿に向かって諒一は最後の刺激を自らの肉棒に加えた。

目のくらむような射精感が頭のてっぺんまでせりあがり、身体を震わせながら諒一は皿の上に大量の精液をぶちまけた。

精液特有の匂いが鼻を突く。

「舐めろ。舐めるんだ。この皿をお前の舌できれいにしろ」

諒一は冷酷な声で、瑠璃子に命令し皿を目の前に置いた。子供のようにうなずいて手を伸ばして皿をつかもうとした瞬間に、諒一はまたも声をかけた。

「手を使うんじゃない。動物みたいに直接舌で舐めるんだ」

瑠璃子は恥ずかしそうに諒一の顔を見上げたが、せかされると犬のようにピンク色の舌で、少しずつ精液を舌でぬぐい始めた。

「うう、うう、げふ」

匂いと味に辟易《へきえき》したのか瑠璃子は顔をしかめた。

「全部きれいに舐めるんだ。聞こえないのか？」

悲しげにうなずくと、またぴちゃぴちゃと音をたてて舐め始める。ときおり吐き気に襲われるのか、苦しそうにこみ上げてくる胃液をこらえている。

「どうした、ほら、まだ残っているだろ。全部きれいに舐めろよ」

「や、くるしい」

瑠璃子はよわよわしく首を振った。

「笑わせるな。奈々はもっと苦しい目にあったんだからな。舐めろよ」

瑠璃子の顔を皿にぐいぐい押し付けてながら、もう一度訊ねる。

「聞こえてるのか？　返事をしろよ。俺の言う通り全部舐めるか」

「お願い。言うこときくから」

瑠璃子は魂のぬけがらのように答えた。光の失せたうつろな瞳で、皿をじっと見つめたあと、青臭い匂いにむせながらも、皿の上に残る精液の塊を平らげていった。

諒一はその光景を見ながら、満足感に浸っていた。

奈々はもっと屈辱的な行為を強いられたはずだ。奈々が受けた心の傷に比べればまだまだ甘い。もっともっと壊さなきゃいけないいんだ。

舐め終わった瑠璃子に諒一は声をかけた。

「どうだ、うまかったか？」

「ふぁーい」

高慢な瑠璃子はもうどこにもいなかった。繰り返し暴力を使って威嚇すると、人間の人格はここまで徹底的に壊してしまうことが可能なのだ。諒一はその恐ろしさに、一瞬身震いした。

「だが、これでいいんだ。奈々がされたことをしているだけなんだから」

諒一は自分に向かって呟くように言った。瑠璃子は瑠璃子で、もう綺麗な人形ではない自分には、なんの価値もないと感じていた。

「もう、どうなってもいいわ」

そう言って、泣き笑いのような表情を浮かべるだけだった。

第五章　幕間劇

諒一は魂の抜けたような瑠璃子を、ふたたび小部屋の中に閉じ込めてから地下室を出た。

ここまでは順調に進んでいる。もうすでに二人の少女を完全に壊してしまった。

奈々の復讐《ふくしゅう》を続けるうちに、いかにひどい仕打ちを奈々自身が受けたのかということが分かってさらに胸が痛んだ。

奈々、と諒一は呼びかけた。お前はなんのためにこの世に生まれてきたんだ。まさかあんなケモノのようなやつらに会わなければ、今ごろ楽しく学生生活を送っていただろうに。運が悪かったと言って、あきらめてしまえる類《たぐ》いの問題ではなかった。

このあと狙《ねら》う獲物はもう決めていた。

残り三人の中でいちばん壊れやすそうな少女。佳奈美だ。諒一にひそかに恋心を抱いている。だが諒一自身にはいささかの想いもない。

身体が弱いから、簡単に犯すことはできるだろうが、いたぶりに耐えられる体力と精神力がないような気がする。

諒一は奈々が笑いかけてくれているような気がした。

「お兄ちゃん、ありがとう。奈々のために復讐してくれて。奈々はとってもうれしいの。あいつらの娘を全員壊してくれたら、奈々、目を覚ましてお兄ちゃんにお礼を言うよ。だからがんばって残りの三人を壊して、壊して、壊して……」

二階の一室で佳奈美は不安そうに耳をすませていた。さっき一階で大きな物音がした。なにか激しく争うような物音だった。「確かめてくる」と言って出ていった葵も帰ってこない。いったいなにが起きているのか、不安ばかりがつのっていく。

「みんな先生が変になったって言ってたけど、あの先生はそんなことするはずないのに。だって、先生はやさしい人で、身体の弱い私をいつもかばってくれるもの」

不意にドアをノックする音が聞こえた。

「葵ちゃん？　ねえ、返事してよ。葵ちゃんでしょ」

ドアを手で押さえながら、必死に声をかけるが返事は返ってこない。それどころか、佳奈美の押さえているドアが、強い力で押し開かれようとしている。

その力の強さは、まぎれもなく男のものだった。

「部屋にいるのは、お前だけか？」

諒一の声が低く響いた。

「そ、そうです。私だけなんです。どうかしたんですか。さっき下で大きな物音がしましたが」

声が震えるのをなんとか悟られないようにしようとするのだが、自分でもいやになるくらいに不自然なうわずった声になっていた。

「ほかのみんなはどこへ行った？」

諒一の声は、一転してやさしい調子になった。

「分かりません。出ていったきりなんです」

「なるほど。分からない……か」

佳奈美には諒一の落ちついた口調が不気味に感じられた。

「なあ、ここを開けてくれないか？」

「で、できません。葵ちゃんに、そう言われているから」

またドアが強い力で開けられそうになった。佳奈美は必死に身体を押し付けて押さえた。

なんだか先生の声がおかしい。やさしいけれども、どこかに乾いた残酷さが感じられる。

佳奈美はそう思って、心の中で、葵の名前を呼んだ。

諒一は少しあせりを感じていた。こいつ一人に余計な時間をかけるわけにはいかない。

ドアのノブを回して、全力で押し開けると中に入った。

「きゃあぁぁ！」

佳奈美は悲鳴を上げながら、部屋の中央に跳ね飛ばされて、カーペットのしかれた床に倒れこんだ。

「あんまり手間をかけさせるな」

諒一は佳奈美の腕をつかみ無理やり立ちあがらせる。佳奈美は身をよじって逃れようとする。

突然背中をトントンと叩《たた》かれて、諒一は驚いて振りかえった。

「泣いてる女の子を襲うなんて、男のすることじゃないよ」

茗子の声がした。いつのまにかこの部屋に入ってきたらしい。なにか言おうとしたときに、突然思いきり茗子がこぶしで諒一のこめかみを殴りつけた。

「ううっ！」

目の前に火花が散ったような気がした。耳の辺りが、がんがんする。諒一は思わずうめいて後ろに下がった。

「目の前にこんないい女がいるんだからさ。そんな暗い子よりもあたしを追っかければいいじゃん」

茗子はあざ笑うような調子で諒一に話しかけてきた。諒一は突然の襲撃でまだ頭がはっきりしなかった。茗子は佳奈美に向き直り、鋭い声で怒鳴りつけるように言った。

「あなた、なにぼさっとしているの。さっさと逃げなさいよ」

「あ、はい、は、はい」

佳奈美は茗子の言葉にびくッと肩を震わせたあと、よろよろと部屋を出ていった。

「ほんとトロいんだから、あの子。いらいらしちゃうよ」

諒一は少しずつ正気を取り戻しつつあった。

「なぜのこのこ出てきたんだ。捕まればお前も俺に犯されるぞ」

「つかまんなきゃいいんでしょ。あたしは逃げ足は速いし、運いいからね」

「お前の友達もそう言ってたがな。いまはそんな口はきけないぜ。くくく…」

「友達って、まさか……」

茗子の明るい表情が一転して恐怖にこわばる。だが、諒一にはこれ以上の情報を教えてやる気はなかった。想像のなかで恐怖は異常に膨らんでいく。茗子の楽天主義もこなごなに打ち砕かれてしまうがいいのだ。

「あとでたっぷりと、お前の身体に教えてやるよ。今は、佳奈美が相手だ」

言葉を失う茗子の表情を楽しげに見ながら、諒一は部屋を出た。

佳奈美はまだ階段の踊り場のところでうろうろしていた。諒一はスカートの裾《すそ》を踏みつけて動けないようにした。

「お前の番が来たんだよ。瑠璃子とナツキはもう終わったんだ」

「そんな、嘘《うそ》でしょう?」

「嘘なもんか。ナツキには少し手間取ったがな。なにせ男とするのがはじめてで、きつくてなかなか入らなかったんだ。いやがって泣きわめくのを無理やり押さえつけてやったんだが」

「ひどい、ひどすぎる。先生がそんなことするなんて」

諒一は思った。お前の父親は医者のくせに、人を助けるどころか、壊して楽しんでるんだ。ひどいなんて言う資格はないんだ。少なくともお前にはな。

諒一はスカートの裾から足を離した。

「さあ、逃げてみろよ。もっともっと一所懸命に逃げて

みろよ。俺に犯されてもいいのか」

階段を必死で駆け下りてみたものの、佳奈美にはどこ

をどう逃げまわればいいのか、いっこうに分からない。

「先生どうして、こんなことするの。もう、いや。私好

きだったのに」

もう佳奈美の頭の中は大混乱に陥っていた。なにが起

きているのかも、自分がどうすればいいのかもよく分か

らなかった。

ついに佳奈美がたどり着いたのは、屋根裏部屋だった。

入り口を開けてはしごを下ろし、震える足で上っていく。

そのとき下から諒一の声が飛んだ。

「ゲームオーバーかな、及川」

佳奈美はなにも言わずに屋根裏部屋で立ちすくんでい

た。

「わざわざこんな狭いところに閉じこもるとは。俺に捕まえて欲しいってことか」

はしごを上がってきた諒一は、からかうように言った。

「先生、質問があります」

「おいおい、ここは教室じゃないんだぜ。この期《ご》に及んで質問なんて、なんの意味があるんだよ」

「どうしてこんなことするんですか。先生らしくないです」

佳奈美の言葉は諒一をいらだたせた。

「分かった。教えてやるよ。これは復讐なんだ。俺の妹はお前の父親たちに犯されたあげく、廃人にされたんだ」

「妹さんのためにやっているんですね。先生はそれで満足なんですか？」

「当たり前だ」

「だったら、私いいです。私を壊して、先生の気がすむのなら……」

「本気か？」

佳奈美はこっくりうなずいた。

「お前が父親の罪を償うって言うなら、いますぐここで服を脱いでもらおうか」

佳奈美の身体が小刻みに震えているのがわかった。やがて決心がついたのか、顔を上げて決然として言った。

「脱ぎます」

佳奈美は諒一に背を向けて、服を脱ぎ始めた。佳奈美が不器用に服を脱ぎ出したとき、偶然肩が後ろに置かれてあった古い大きなクロゼットにあたった。

クロゼットは鈍い音をたてて佳奈美の上に倒れてきた。佳奈美の短い悲鳴が上がった。

それから肉のつぶれるいやな音がした。

「おい……」

諒一が声をかけても、クロゼットの下からのぞいている手はピクリともしなかった。まさか、と諒一は思った。死んだのか？

しんと静まり返った部屋の中で、諒一は静かに広がっていく血の池を見つめていた。

予想もしない展開に、諒一は呆然《ぼうぜん》としていたが、ふと思いついて脈を取ってみた。まさかこんなことで死ぬとは信じられなかったが、佳奈美はすでにことされていた。

諒一は気を取りなおすように頭を振って、はしごを降りていった。


クロゼットの下から染み出した血は、いまや部屋中に広がりつつあった。その血溜りを避けるように、一人の男が立っていた。

その手にはコードレスフォンの子機が握られている。例の情報屋だった。

「あーあ、おっちんじまったか」

そう言うと情報屋は子機から、ある番号をプッシュした。

「芝居の見物料としては高くついたな、及川さんよ」

電話の向こうから無機質で乾いた笑いが響いた。

「面白い芝居の見物が出来たんだ。この程度のことは安すぎるくらいだよ」

「いいのかよ、そんな無責任なこと言っちゃって。仮にも自分の娘だろ」

「それがどうした。いっこうに構わないさ」

「ここは、とりあえず片づけた方がいいですかね？　ほかのお嬢ちゃんに見つかったら、面倒《めんどう》なことになるかもしれねえし…」

「そうだな。それにしてもあの娘も本望だろう。こんな刺激的なゲームのなかで役を演じることができたんだから」

情報屋はなにも言わなかった。ただ少しばかり顔をしかめた。

「どうした？」

「いや、なんでもありません」

情報屋は電話を切ると、深いため息をついた。しばらくなにかを考えているようだったが、佳奈美の身体から染み出した血溜りを見て、もう一度ため息をついた。

第六章　禁断の淫具

なにがいったいどうなってるの？　茗子は屋根裏部屋から降りながら考えていた。少し前にすごい音がしたので、はしごを使って上がってきたのに誰の姿もなかった。

茗子は大きなクロゼットが倒れていたことに驚いたが、それ以上に驚いたのは、床にあった血の跡だった。

誰かが怪我をしたのは間違いない。先生だろうか、それともほかの誰か？

そんなことを考えながら、階段を降りていると足を滑らせて、いきなり転がり落ちてしまった。ガタガタという音が、静まり返った家の中に不自然に響いた。

諒一はその音を聞いて、廊下に通じるドアを開けた。

「あ、せんせー、おひさしぶりー」

探しまわる手間は省けたが、あまりの能天気ぶりに気がそがれてしまった。まったくといって言いいほど警戒感がない。この娘はいったいなにを考えているのだろうか。

諒一は気を取りなおして訊ねた。

「円城寺はどうしたんだ？　一緒じゃなかったのか」

「委員長？　どっかそのへんに隠れてんじゃないの」

「ということは、次はお前だな。あんまりてこずらせるなよ。こっちも疲れてきたしな」

「そういうふうに言うってことは、あとはみんな捕まっちゃったっていうこと？」

「そういうことだ。どうした？　逃げないのか？」

茗子には捕まらない自信でもあるかのようだった。諒一に向かって冗談のように言う。

「せんせーが追っかけてくれないと、逃げられないでしょ?」

諒一は笑いながら茗子の手をつかもうとしたが、するりとかわされてしまった。茗子は何度追いつめても敏捷《びんしょう》な動きで諒一の手から逃げてしまう。

さきほどまでの余裕が、あながち裏付けのないものではないことを思い知らされた。

風呂場、物置、二階を諒一は茗子の姿を探して駆けまわった。茗子は容易に居所をわからせるようなまねをしなかったし、一度などは、諒一に向かって武道の技を仕掛けたほどだ。

だが、今度ばかりは諒一も狩に時間がかかってしまうのはどうしようもなかった。

だが、ついに広間で追いつめ、壁に押さえ込むのに成功したとき茗子は初めて悲鳴を上げた。

「せんせ、痛いってば。せんせっ!」

諒一は茗子の肩へ左腕を回して身体を抱き寄せようとした。逃げ回ったせいで汗をかいているらしく、甘酸っぱい体臭が諒一の鼻腔《びこう》に広がった。

諒一が茗子の頬《ほお》へ顔を寄せると、いやいやをするように茗子の細い体が何度もしなう。

「はなしてってて、せんせ」

諒一の吐く息が首筋にかかると茗子は渾身《こんしん》の力で逃れようとする。なにか過剰な反応のような気がする。

「いやぁ……！」

空いている右腕で茗子の太股《ふともも》に触ると、茗子は必死にその手をのけようとしてもがいた。

「やだ、やだ、やめて」

諒一はよくひきしまった肉感的な太股を撫《な》でてあげながら、スカートの裾《すそ》から手を入れた。脚の付け根まで手を伸ばしパンティの横から指を差し入れようとした。

「やぁだぁ。や…め…て…」

茗子の目が閉じられ、苦しげな表情で諒一の愛撫《あいぶ》を拒もうとする。

「やめて、おとうさ……んっ……！」

茗子の言葉を聞いて、諒一の手の動きが一瞬止まった。目の前の茗子の表情が恐怖でゆがんでいる。

おとうさんだって？　どういうことだ。こいつの父親は弁護士だ。確か情報屋の話では、母親の再婚相手のはずだ。ということは血がつながっていない。まさか……。

「ひっ、いやぁぁぁぁぁ」

茗子を押さえつけていた諒一の腕がゆるんだ瞬間、茗子は子供のような悲鳴を上げて逃げ出そうとした。

がたがたと震えながら、一歩一歩あとずさっていく。

「あああぁ」

茗子の目に映っているのは諒一ではなかった。誰かほかの人間に対する恐怖と嫌悪が茗子の表情を一変させている。

突然身を翻すと固く唇を結んだまま、広間を駆け出していってしまった。

諒一は呆然《ぼうぜん》として立ち尽くしていた。おとうさん。どういう意味だ。だがそんなことはどうだっていいことなのだ。あいつらの事情など知ったことか。

諒一は廊下へ逃げた茗子を追った。


息を切らせて廊下を駆けながら、茗子はあの不快な感覚を思い出していた。男の生臭い吐息が首筋に触れるときの、どうしようもなくいやな感じ。あの時と同じ。思い出したくないことが、あとからあとから記憶のなかによみがえってくる。

「もう思い出したくないのに……」

誰にともなくそう言ってから、茗子は額の汗をぬぐった。

結局、茗子は自分でもそれと知らずにバスルームに逃げ込んだ。

諒一はすぐに茗子の居所を探し出した。音を立てないように慎重にドアノブをまわすと、意外にもなんの抵抗もなくくるりと回った。鍵《かぎ》をかけていないらしい。

「おい、出てこいよ。鍵をかけ忘れているぜ」

そう言うと力任せにドアを押し開けた。「きゃっ」と茗子の小さな悲鳴が聞こえてドアに凭《もた》れかかった彼女の身体が、跳ね飛ばされるのがわかった。

茗子は床からよろよろ起き上がり、諒一の顔をぼんやり見ている。

「どうした、さっきみたいに元気に逃げ回らないのか」

「いや、こないで……」

別人のように怯《おび》えきっている茗子の姿に、諒一はふと思いついてある言葉を言ってみることにした。

「父親に言わないのか？　助けてくれって」

父親と言う言葉に茗子の肩がびくっと震えた。

「せんせ、おねがいだから、もうこんなのやめてよ」

さっきから茗子の態度が急激に変化していることを諒一は感じ取っていた。どうやら父親と関係のあることらしい。

だが、今は茗子を壊すことが最優先だ。諒一は茗子の身体を浴室に押し倒した。

「いやあ。やめてよ、先生。いやだよ」

茗子はがたがたと身体を震わせ、唇を固く結んで諒一を拒もうとした。だが諒一はいっこうに気にすることもなく、茗子の着ているワンピースを腰までたくし上げた。

胸のボタンに手をかけて、強引にひきちぎる。

「あっ！」

第六章　禁断の淫具

諒一は声にならない声を上げた。茗子の胸元や太股には無数の傷痕があった。ちょっと見たところでは分からないくらいの小さな傷ではあったが、諒一はその数の多さに息を呑《の》んだ。しかもその傷がかなり以前につけられたものだということも分かった。

「いや、はなして」

「なにをそんなに怯えているんだ。男に抱かれるのは慣れているんだろう？」

　ワンピースの胸元に手を入れて、思いきり乳房をもんでみる。大ぶりで重量感のある乳房は、弾力に満ちていて、もんでいるだけで勃起《ぼっき》しそうなくらいいい感触を指に伝えてくる。諒一はすでに発情しかかっていた。

「そんなことしてないよ。やだ、気持ち悪いよぉ」

　茗子の瞳には恐怖の色が浮かび、顔全体が引きつっている。造りの大きな美人である茗子は、典型的なお嬢さんタイプの瑠璃子と、好一対をなしている。

　突然茗子の目から、大粒の涙がこぼれ落ちてきた。

「そんなとこさわんないでよ。いやだよ。やめてよ」

諒一が、あらわになった太股から秘所に向かって撫で上げていくと、茗子はよわよわしく抗議した。

パンティの上から、淫裂《いんれつ》の形を確かめるように布越しに指をはわせていく。茗子は必死に諒一から逃れようとして、足をじたばたさせる。

諒一の指は、強引にパンティの脇からもぐりこみ、やわらかな陰毛のなかをまさぐり出した。指先が湿った粘膜に触れた。

「いや、そこはだめ、そこだけはだめ」

嗚咽《おえつ》しながら哀願する茗子の姿は諒一の嗜虐欲《しぎゃくよく》に火をつけた。いきなりパンティを膝《ひざ》までずり下げて、陰部に指を突っ込むと、茗子は身体をよじりながら逃れようとする。

「いや、いやぁ、先生、やめて。こんなことしてひどい……」

諒一は薄茶色をした大きめの肉襞を、ていねいに左右に開き、ピンク色の内部を愛撫しながら敏感な突起をさぐりあてた。かるく愛撫を加える。

「ひぐぅ、あうぅ」

茗子の身体が反り返り、花弁の奥からじわりと粘り気のある蜜《みつ》が流れ出してきた。諒一は尖《とが》ってきた肉の突起を人差し指の腹でていねいに撫でまわしていく。

ときたま押しつぶすように愛撫すると、茗子の口から深い吐息が漏れた。そうしていじりまわすうちに、茗子の呼吸は荒くなり、無意識に腰をゆすりながら泣き声を上げた。

淫裂の奥から流れ出る蜜の量が増し、粘度も増してきたのを確かめると、諒一は濡《ぬ》れて妖《あや》しくうごめきながら光っている蜜壺《みつつぼ》の中に指を入れていった。

「ひぐっ、きもちわるい。はぐっ、はぁぁぁ……」

諒一は茗子の内部を指で探りながら、処女にあるべきはずの抵抗感がまったくないことに気づいた。

「やっぱり処女じゃないんだな。こんなに濡らしているからな。瑠璃子はだいぶ痛がっていたぜ」

諒一はにやりと笑って指を引きぬき、味わうように指についた愛液をしゃぶった。茗子は頬を赤らめて、顔をそむける。

「なに恥ずかしがっているんだ。お前のあそこから染み出したものだろう」

「いや。いやなの」

諒一は今度は中指までも動員して、茗子の蜜壺の中をかきまわしつづけた。こねまわすように執拗《しつよう》な愛撫を繰り返すと、茗子の呼吸がさらに速まる。

「はうっ、う、う、うう」

「ちゃんと答えろよ。お前処女じゃないんだろう？」

「そうだよ。初めてじゃないよ」

「なかなかうまい言い方だな。でも二回目でもないだろう。数え切れないくらいやったはずだぜ。だったら、なにされるか分かるよな。どう泣けば男が喜ぶかもな」

諒一は茗子の耳元を舐《な》めながら、陰毛をかきわけて陰唇を押し広げる。茗子は舌の感触がよほどいやなのか、肌を粟立《あわだ》たせて悲鳴を上げた。

「いい声で泣いてくれよ。こっちもどうせやるなら楽しみがないとな。処女ばかりだと、手間取ってばかりで楽しめないからな。その点、お前は経験も十分そうだし……」

諒一はペニスの先をからかうように、少しだけ入れてみせる。ちゅぷという音がして、亀頭が陰唇に吸いこまれる。

「いいぞ。こなれた感じでいいな。さて、奥の方を味わってみるか」

「うう。はう。はあ、はあ、はあ」

諒一の膨れ上がった亀頭がずるずると呑み込まれていく。中はちょうどいい狭さで、諒一のペニスをぴったりと包み込んで刺激を与えてくる。

最後は根元まで吸いこまれるような気がして諒一は思わずうめき声を上げた。茗子の内部はもう十分濡れそぼっているから、肉体的な苦痛はないはずだが、精神的には耐えられないものがあるようだ。

諒一はそれでこそ、復讐《ふくしゅう》の意味があると思った。簡単に快感に酔《よ》い痴《し》れられたら、なんのためにやっているのか分からなくなってしまう。

諒一は本格的に腰を使い始めた。

「やぁ、やだよ。ひっ、ぐっ、ううん、ううん、ううん」

茗子は眉根《まゆね》を寄せて目を固く閉じたまま、諒一の動きに合わせて身体を揺らしている。

諒一は茗子のすらりとした足を持ち上げて、さらに陰唇がよく見えるように位置を変えた。

「気持ち悪いよ。やめてよ、おとうさんっ！」

「なるほどそういうことか。お前自分の親父とやっていたのか」

茗子の表情が凍りついた。顔をそむけて返事をしようとしない。

「どうした？　答えろよ。やってたんだろ？　自分の親父と」

茗子の目から、涙がボロボロとこぼれ始めた。

「そうだよ。したよ。あいつと……」

「なるほどな。どうやってやったんだ？　言ってみろよ」

「……」

「全部言えって言ってるわけじゃない。最初はどんなふうにされたんだ？」

茗子は固く沈黙を守っている。死んでも言いたくないことなのは察しがつく。

「言わないと、本気で殴るぜ」

諒一は言葉でいたぶることを楽しんでいた。茗子がなにか言ったが、聞き取れなかった。

「なに、なんだって？」

「無理やり入れられたんだよ。きつくて入らないからって、おっきいバイブを無理やり入れられたの！」

諒一は笑みを浮かべながら、ペニスをくわえこんだままの陰唇をまさぐる。茗子が身体をよじりながら逃れようとする。

「どのぐらいの太さのを入れられたんだ。言ってみろよ」

「やめてよ。もう思い出したくないの」

「忘れたのなら、思い出させてやるよ」

諒一はふたたび激しく腰を突き上げ始めた。茗子の陰部と諒一の恥骨があたって、パン、パンと派手な音を立てた。

「ひぐ、ひぐ、う、う、うぐ、ううううう」

茗子がうめくたびに、諒一は復讐している実感を味わうことができた。思いきり子宮口を突き上げると、茗子の口からひきつれた悲鳴が漏れた。

「やめて……やめて。おとうさ……ん……」

茗子の股間《こかん》から流れ出す愛液の匂《にお》いが、バスルームに充満していた。やわらかくうねるようにうごめく淫道は、茗子の呼吸に合わせて収縮した。

諒一はめずらしく昇りつめるのが早かった。茗子のあえぐ姿はとても少女のそれでなく、よがる顔を見ているだけで達しそうになる。

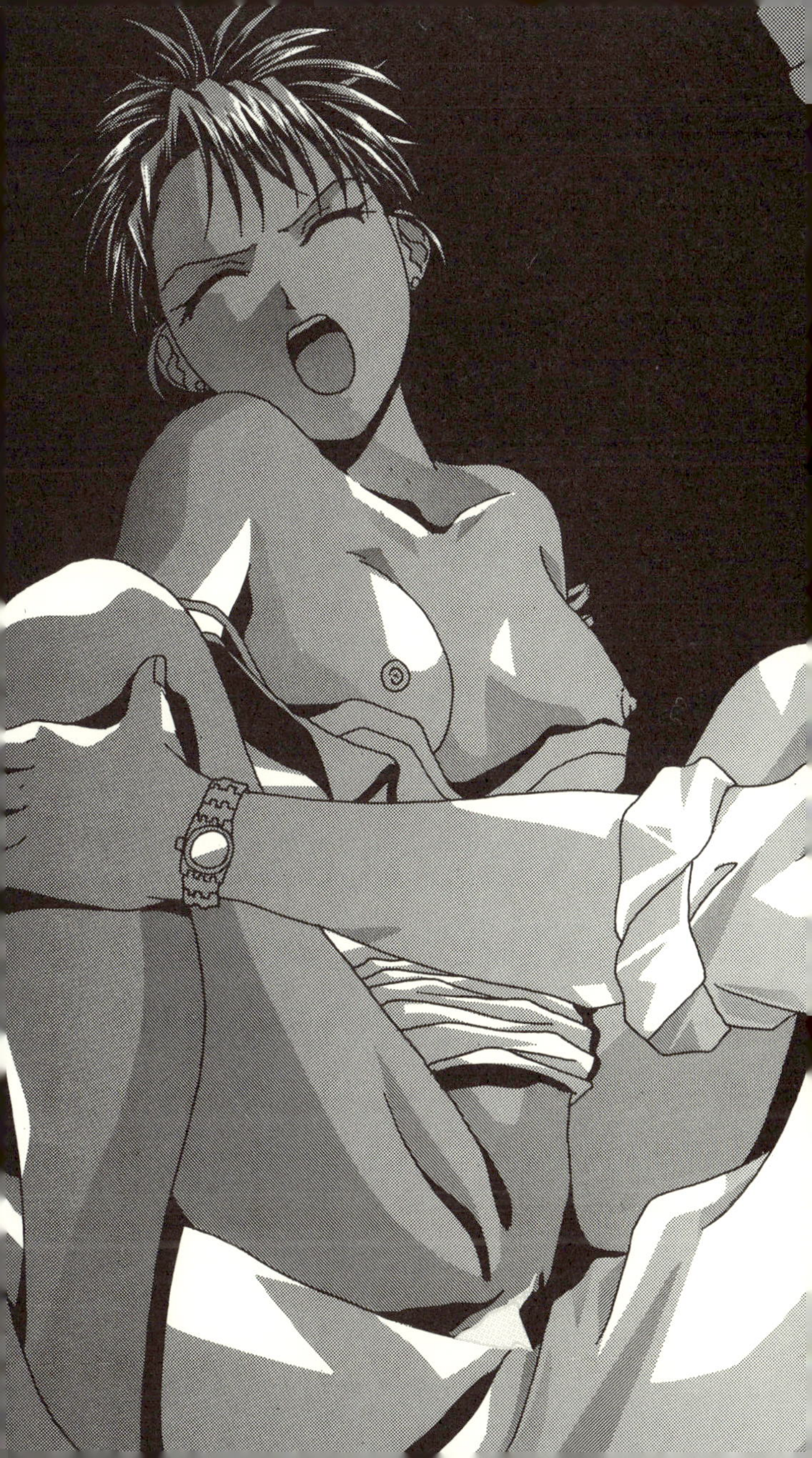

諒一はしばらくのあいだ動きを止めて、興奮が収まるのを待った。

「やだ、うぐ、うぐ、うう、んんん」

茗子の陰唇がめくれあがって、男根にまとわりつくさまを諒一は楽しそうに見ていた。肉の触れ合う音だけがバスルームに響き渡る。茗子の尻をつたって、愛液が滴り落ちた。

「いい子になるから、悪いことしないから。もうこんなのやだよ。ちゃんとおとうさんて呼んでいるのに」

諒一は自分のペニスに茗子の出した白い粘液が張り付いているのを見て、射精感が爆発的にせり上がってくるのに気づいた。

「中にいっぱい出してやるからな」

「いやああああ！」

諒一は亀頭の先端を茗子の膣《ちつ》に思いきり擦《こす》りつけるように動かした。

「うう、いくぞ！」

耐えに耐えたあとに身体の底から吐き出すようにして射精すると、内臓まで流れ出していくような気がした。腰のあたりがとろけていくようだった。

「う、むう、ぐう……」

茗子は全身を痙攣《けいれん》させたあと、死んだように動かなくなってしまった。

諒一は茗子の股間からペニスを抜き取った。ぽっかりと口を開いたピンク色の陰唇から、精液が白い涙のように次々とあふれだしてきた。

「ああ、本当に中で出しちまったな」

諒一はバスルームの中を見まわして、無造作に投げ出されたシャワーを手に取った。それを茗子の秘部にズブリと押し込む。

精液と愛液にまみれた茗子の膣はいとも簡単にシャワーヘッドを受け入れた。

「ぐうっ！」

茗子はうめき声を上げたが、抵抗する様子はない。

「ああ、悪かったな。中を洗ってやろうとしたんだが、こいつは壊れていたんだな。忘れていたよ」

「いぐっ……うっ……う……！」

茗子は涙でぐしゃぐしゃの顔で苦痛を訴える。諒一は粘液まみれのシャワーヘッドを引き抜いた。

「入れられたバイブはこれより太かったのか。義理の親父にされたことを教えろよ。俺も同じことをしてやるからよ」

諒一は茗子をうながしてバスルームを出ると台所に連れて行き、地下室への階段を降り始めた。

その時二階で妙な物音がするのに気がついた。諒一は茗子を地下の小部屋の前に座らせると、置いてあったロープで縛り始めた。茗子はまったく抵抗せずにされるがままになっていた。

「ここでちょっと待っていてくれ。これからのお楽しみの前に気になることは片づけないとな。もちろん逃げ出そうなんて気は起こさないだろうが」

それは絶対無理な話だった。これだけ厳重に縛られてしまったら、身動きすらままならない。諒一は念のために、茗子に猿ぐつわを噛《か》ませた。


二階へ上がると、音のしたほうへ歩いていく。誰かいるとすれば葵のはずだ。あとの四人はすでに処理済みだから、それ以外の人間がいるとすれば諒一にとっては大きな脅威となる。あの情報屋をのぞいては……。

諒一は自分の部屋に明かりが点いているのに気づいた。誰かがいるらしい。ドアのノブに手をかけて、思いきって押し開いた。

「なんだ、あんたか。こんな所でなにをしている」

そこにいたのは情報屋だった。諒一だとわかるまで、緊張した面持ちでこちらを見つめていた。まさか諒一が入ってくるとは予想もしていなかったらしい。

情報屋はつとめて冷静さを装って話しかけてきた。

「うまくやってるみたいじゃないか。今犯したのは誰だ？　茗子ちゃんか？　どうだった、よかったかい？」

「ここでなにをしていたんだ。話せ！」

諒一は情報屋の腕を一瞬にしてねじり上げた。

「おい、痛いよ。俺はあんたの復讐の手伝いをしてやってるんだぜ。なんでこんなマネをする？」

「あんたはなんだって俺の部屋にいなきゃならない。なんか変だぜ。確かにあんたは俺に協力してくれたが、もうひとつ分からないんだよ、その動機がな」

諒一はさらに腕をひねりあげた。今まで自分の心の中に封じこめてきた疑問がいっきに噴出したかのようだった。情報屋は観念したように言った。

「分かった。話すよ。でもいいのかよ、ここで答えを聞いちまって」

「なに？　どういう意味だ」

「もし、もしもだ、俺があんたの味方じゃなかったらどうする」

「なんだって？　なんの話をしているんだ」

「だから、もしもの話をしているんだよ。あんたの復讐を手伝う以外の目的があるんじゃないかって疑っているんだろう？」

諒一は黙ってうなずいた。

「そうだとしたら、俺の言葉を信じてここに来たことは、あんたにとって大きな間違いだよな。だがここまできたらあんたも引き返せないだろ。人ひとり死んじまってるしな」

諒一は不意打ちを食らったボクサーのように、情報屋をぼんやりと見つめていた。

「俺はなんでも知っているんだ。世の中きれいごとだけじゃすまないってことさ。いけねえ、ちょっとしゃべりすぎたか」

諒一は目の前にいる男をどうすべきか考えていた。その考えを読んだように、情報屋は笑いながら諒一に言った。

「あんたはなにも考えなくていいんだ。そんなことは復讐がすんでからでいい。いくらでも時間がある。今は妹のために最後までやり遂げることだけを考えるんだな」

そう言うと情報屋は諒一にひねり上げられた腕をさすりながら部屋から出ていった。

確かに男の言うことは正しかった。今はやるべきことをやり、そのあとあいつからいろいろ聞き出せばいい。


諒一は地下室に戻った。手前の小部屋の前に茗子がうつろな目をして、ころがっていた。諒一を見ても、なんの反応も示さずに虚空を見つめている。

諒一は無言のまま小部屋のドアを開いた。

「おい！　こちらに来い」

部屋の隅に座りこんでいる瑠璃子を見つけて声をかけた。瑠璃子はのろのろと立ちあがり、フラフラと歩いてきた。

「その寝椅子《ねいす》に座るんだ。早くしろ」

瑠璃子にそう命令をしてから、諒一は茗子の縄を解いて部屋の中に入れた。ぐったりして半ば意識を失っている茗子の身体を支えながら入っていくと、瑠璃子がけげんそうにこちらを見た。

「ほら、懐かしいだろ？　友達だ」

「めい……こ……」

瑠璃子の言葉にはまったく感情がこもっていなかった。

「これから、こいつを使って遊ぶんだ。うれしいだろう？」

「う……ん」

瑠璃子は美しい顔によだれをたらしながら、素直にうなずいた。


はあ、はあと言う喘《あえ》ぎ声で茗子は目を覚ました。コンクリートの天井が見える。茗子は声のする方へ視線を移した。目の前には裸の男女がいた。

男は立っていて、女はその股間に顔をうずめている。女はペニスをいとおしそうに舐めたりさすったりしたあげく、豊かな胸のあいだにはさんですりあげる。男は女の髪をなでながらニヤニヤ笑っていた。

「……瑠璃子」

茗子は目の前で男のペニスを咥《くわ》えている友人の名前を呼んだ。だが瑠璃子は茗子の声など耳に入らないかのように、無心にペニスを愛撫している。

「よう、なかなか目を覚まさないんで心配したぜ」

「る、瑠璃子なにやってるの？」

声をかけてもまるで反応がないのにいらだった茗子は、乳房で愛撫を続ける瑠璃子を諒一から引き離そうとした。

「なにしてるの瑠璃子。やめなってば！」

瑠璃子はぼんやりと生気のない瞳で茗子を見る。まるで初めて会った人間を見るようだ。

茗子は瑠璃子のあまりの変貌《へんぼう》ぶりに言葉を失った。

「続けろよ。まだ終わってないだろう？」

「ふぁ…い…」

瑠璃子は舌をのばしてペニスにキスをした。無表情のまま諒一の男根を一心に舐めつづける。ぴちゃ、ぴちゃという卑猥《ひわい》な音が、茗子を耐えられない気分にした。

「先生、瑠璃子をはなしてあげてよ」

「だめだ。それに俺が無理やりやらせているわけじゃないぜ。こいつが自分で勝手に咥えているんだ」

瑠璃子は諒一のペニスを咥えながら、自分の手で淫裂へ愛撫を加えた。

「ん……ふっ……あっ……んんっ」

自分の指で淫裂に淫靡な愛撫を続けるうちに、わずかにのぞくピンク色の陰唇から愛液が糸を引き始めた。諒一のモノをしゃぶるのもやめようとしない。

「瑠璃子、なにやってんのよ。先生、もうやめてよ」

茗子が懇願すると諒一はにやりと笑った。

「そうか。友達のこんな姿は見たくないというんだな。じゃ、お前がこいつの代わりに俺を悦《よろこ》ばせろよ」

茗子の顔に迷いの表情が浮かんだ。

「あたしが先生のを口でしてあげればいいんでしょ。言う通りにするから、瑠璃子ははなしてあげて」

諒一は意外そうな顔で茗子を見つめた。だが、すぐに皮肉な笑みを浮かべると、さも感心したかのように言った。

「友達思いなんだな。それならこちらに来いよ。どうやれば男が喜ぶか、義理の親父に教えられてたようにやってくれ」

茗子はひざまずいて諒一のペニスに顔を近づけた。どす黒く充血したペニスの鈴口に舌の先を近づける。ちろちろと尿道口に舌を差し入れ、雁首《かりくび》のまわりを唇をまるめて刺激した。たっぷりと時間をかけて亀頭をしゃぶると、今度は思いきり深くまで呑み込んで、頭を大きく上下させる。

「ん、ん、ん、ん、ん、ううん」

「なかなかうまいじゃないか」

茗子は忘れたと思っていたのに、義父に教えられた通りに動いてしまう自分の身体が呪《のろ》わしかった。諒一の手が茗子の頭をがっしりと押さえこむ。茗子はむせかえりそうになりながらも、歯を立てないようにして愛撫を続けた。

「ほら、フィニッシュが近づいたきたぜ。がんばって最後までいかせてくれよ」

荒い息を吐きながら、諒一は何度も茗子の顔を動かしながら口の中で激しくピストン運動を繰り返した。

「はあ、はあ、はあ、う、う、う、ううう」

破裂しそうなほど膨れ上がったペニスを、茗子の口にねじ込んでは抜いて、諒一はうめき声を上げた。

「んぐううぅ！　げふぅっ……」

茗子は吐き気を覚えて悲鳴にならない悲鳴を上げた。

「そらいくぞ。いいか出すからな。一滴残らず飲みほすんだぞ」

茗子の口の中は諒一の生臭い精液に満たされた。精液はあとからあとから音を立てて吐き出されてくる。諒一がやっとペニスを引きぬいたとき、茗子は激しくむせ返った。

「けほっ……！げふっ……」

茗子の唇の端から、一筋の精液が流れ出した。

「うっ……」

茗子はうめくように泣き始めた。諒一は満足そうにそんな茗子を見つめていた。こいつを壊すには、過去に義理の親父からされたことを思い出させるのがいちばんいいのだ。

諒一は泣きじゃくる茗子を見ながら、これからの計画を立てていた。まず、ベッドルームにいるナツキをここに連れてきて瑠璃子と一緒に閉じ込めておこう。

ナツキを連れかえったとき、茗子はその変わり果てた姿に驚きのあまり言葉も出なかった。ナツキは素直に瑠璃子と並んで寝椅子に腰掛けた。そこには、あのはつらつとしたナツキの面影はどこにもなかった。

「さあ、来るんだ。これからが本番だぜ」

奥のベッドルームに入ると、茗子が口を開いた。

「聞いておきたいんだけど、なんで先生はこんなことをするわけ？　ただ女の子をやりたいとか、そういうんじゃないでしょ。だったらあの二人をあそこまで壊したりしないもの」

「そんなこと聞かないほうがいいんじゃないのか。聞けば後悔するだけだぞ」

「ううん知りたい。どうせ壊されるんでしょ、あたしも。だったら聞きたい」

諒一は残酷な笑みを浮かべた。そこまで分かっているなら教えてやってもいい。それにこいつは父親にひどい目にあわされているからな。やつが裏でなにをやっているのか知って、自分がなぜ俺にやられるのかを理解させた方がいいかもしれない。

「俺の妹はな、お前たちの父親のオモチャにされて、半殺しにされたんだよ。ただ遊びのためにな」

茗子はびっくりしたような顔で諒一の物語を聞いた。諒一は茗子の父親たちがやったことを克明に話して聞かせた。

「分かっただろ。俺がこんなことをしているわけが」

「でも、こんなことして妹さんが喜ぶと思う？」

茗子の言葉に諒一の怒りが爆発した。

「ほかにどうしろって言うんだ。警察がなにかしてくれたか？　誰か俺の話を信じてくれたか？　このまま廃人にされた妹と二人でひっそりと生きていけって言うのか」

諒一の目に浮かんだ激しい怒りの色を見て、茗子は黙り込んだ。

「さあ、もうおしゃべりはいい。ほら、こっちへこいよ」

諒一はベッドから立ちあがり、棚に立てかけてあった大きな鏡を重そうに運んでベッドのそばの壁に立てかけた。

「やだよぉ、もうこんなことやだよぉ」

すすり泣く茗子の髪をつかんで顔を起こして囁《ささや》く。

「親父に教えてもらったことは、全部思い出せるよな」

「やだぁぁぁぁぁぁぁ」

諒一は絶叫しながら地下室の中を逃げ惑う茗子を捕まえて、ベッドの上に押し倒す。突然、諒一はこめかみを手の甲で打たれてたじろいだ。

「うぐぅ……！」

痛みのために顔色が変わった諒一を見て茗子は蒼《あお》ざめた。

「あ、あたし、あたし……」

諒一はベッドの脇にある棚の引出しから、ロープを取り出した。茗子はなにをされるのか悟って、じりじりと下がっていく。諒一は逃げる茗子を簡単に捕まえて、ベッドにうつぶせにしてから、ワンピースを引き裂き上半身を裸にした。

「やだ、痛い、痛いよぉ」

泣きじゃくる茗子の肩を押さえて、はだけたワンピースごとロープで上半身を縛り上げた。それから鏡の前で、脚を割り開かせる。

「痛いよ。やめてよ、おとうさぁんっ！」

「うるさいな、泣いても無駄だと言っているだろう。親父は教えてくれなかったのか。男にされる時は素直に感じるのがいちばん楽だってな」

諒一は茗子の身体を鏡の正面に持っていって仰向けにした。

「もうやだよ。あんなこと。やだ、さわんないで」

諒一はかまわず茗子の両足を広げて、女芯《にょしん》をかき回した。乾いた精液が股《また》の間にこびりついている。

諒一はクリトリスの甘皮をむいてからじんわりと愛撫を始めた。淫核をつまんで転がすようにすると、子犬が泣くような声を上げる。

膣の奥から愛液がしみだしてきた。その蜜を指にからめてから諒一はずぶっと蜜壺に挿し入れた。

「うぐっ……ひぐっ……」

突然の挿入に茗子は息を詰まらせる。指を二本に増やしてわざわざ音を立てながら、膣壁を撫で上げていく。指をさらに深く突っ込んだ。

「いやあぁぁ、痛い、痛いよ、おとうさん……！」

「痛いはずないだろう。これだけ濡れているんだから。お前のここがどれほどいやらしいのか、自分で見てみろよ」

諒一は後ろから茗子の股を大きく開かせて、恥ずかしい姿態を大きな鏡に映し出して茗子自身に見せた。そのまま淫裂に指を突っ込んで、愛液が滴り落ちそうなくらい真っ赤に充血した性器を見せると、茗子が思わず目をそらすのが分かった。

「目をそらすな。お前の淫靡な姿をよく見るんだ。ほうらねばねばした液体が、いやらしく光っているだろう？　お前が俺の指を咥え込んで吸い込んでいるんだぜ？」

茗子の唇からかすかな声が漏れた。

「おんなじ。あいつとおんなじだ……」

諒一はその言葉を聞きながら、どうすればこの少女に致命的なショックを与えられるのかを考えていた。ある考えが頭に浮かんだ時、諒一は思わずにやりとした。

諒一はもう一度ベッドの脇にある棚の引出しを開けた。

「お仕置きが必要だよな、お前には。今用意してやるからな」

そう言うと茗子の手首くらいの太さがあるバイブレーターを取り出して、スイッチを入れた。モーターの音が不気味に響き渡り、ゴムの大きな雁首がうなりながら首を振る。

「いやあ、いや。やだ、やだ、やだ、やだあぁぁぁぁ」

暴れる茗子を自分の膝の上に乗せて、バイブレーターの先をかるく押しつける。

「おい、あんまり暴れるなよ。裂けちまうかもしれないぜ。それともタバコを押し付けられる方がいいのか、ベルトで殴ってやってもいいんだぜ」

諒一は茗子の身体に刻まれた虐待の痕を思い出しながら、言葉でいたぶりつづけた。茗子は忌まわしい記憶がよみがえってきたのか、喉《のど》を振り絞るような絶叫が狭い地下室に響き渡る。

「もう、やだよ、おとうさん。ほんとにやなんだ」

諒一はその叫びを聞くと満足そうにバイブを放り投げ、茗子の腰を抱え込んで亀頭の先を膣口にあてがった。バイブのおかげで開ききった肉襞に諒一のモノはするりと呑み込まれていった。

「ぐっ！……はっ！……」

諒一はその締め付けの強さに思わずうめいた。ざらざらとした膣の内部が亀頭にまとわりつくように刺激を与えてくる。

抽送のスピードを上げていくと茗子はうわ言のように声を上げつづけた。

ぐちゅ、ぐちゅ、ぐちゅ。ペニスを奥の奥まで突っ込むと、膣はいやらしい音を立てて、すぼめた口のように肉棒を呑み込もうとしていた。

「ひぐうぅぅぅぅうう！」

茗子は顔をゆがめて快感に酔っている。諒一は鏡に自分のペニスが出入りする様を映して見せた。ぬらぬらと濡れたペニスが、出入りする様子は淫猥そのものだった。

「ほら見てみろよ。おまえが俺のものを咥え込んでいるのがよく見えるぜ。いやらしい女だな、お前は……」

茗子は必死に顔をそむけようとするが、自分のあられもない姿がどうしても見えてしまう。しかもそれが茗子の性感を刺激したらしく、諒一が淫核をさらっと撫で上げると身体がびくびくと反応した。

「おとうさんて呼んでいるのに。どうしてあたしをいじめるの？」

「さあ、どうしてだろうな。あ、あ、あ、ううぅぅぅ」

諒一はいっきに昇りつめていった。すさまじい快感が背筋をはいあがっていく。

諒一は茗子の尻を抱えて高く持ち上げては、ぐいっと落とす。亀頭の先端が子宮口を打つたびに、茗子はうめき声を上げた。

「ぐあああ、いくぅぅぅ」

鏡の中であえぎまくる茗子の痴態を見ながら、諒一は苦しいほど長い射精を味わっていた。

茗子はぐったりとして、なかば意識を失った状態になっていた。なにかぶつぶつと呟《つぶや》いている。父親のことらしいが、はっきりとは聞き取れなかった。諒一は服を着せてから、ずるずると手前の小部屋に引きずって行った。すでに壊した瑠璃子とナツキがうつろな目で新参の茗子を迎えた。

「残るは葵ひとりだ」

諒一はそう呟くと、地下室を後にした。だが、なぜかふとむなしい思いにとらわれた。これだけの復讐劇を演じながらもどこか満たされない。

奈々、俺のやっていることに満足してくれているか？　これでお前の魂は慰められるのか？　そうでなければ、俺もただの犯罪者だ。お前を壊したやつらと同じになってしまう。

「お兄ちゃん、ありがとう。奈々とてもうれしい。忘れないでね、お兄ちゃん。奈々がどんなひどい目にあったのか。お兄ちゃんはとてもやさしいから、迷いが出てしまうけどあいつらがしたことを考えて。絶対許しちゃだめだよ」

奈々の声が諒一には聞こえた。そうだよな、奈々。絶対に許されないことをあいつらはしたんだ。復讐しなけりゃな。大丈夫だ。最後までやり遂げるから……。


葵は二階の部屋でひとり考えごとをしていた。何度か不審な物音や、叫び声を聞いたのだが、さっきから急に静かになった。葵はいやな予感がした。

あの教師がなにをしたのかは分からない。だがこの静寂にはなにか普通でないものがあることを、本能が告げていた。

みんな襲われてしまったのかしら？　そんなはずはないと葵は考えた。いくら向こうが男でも、一人で全員を思うままにできるわけがない。

とにかくみんなを助けなきゃ。葵は生真面目《きまじめ》な表情をして立ちあがった。クラス委員として信頼されている葵は、自分だけが助かることを考えるような性格ではなかった。先生を説得して、みんなを解放してもらおう。葵はそう決めると、ドアのノブに手をかけた。

諒一は最後の獲物をしとめようとしていた。葵を捜して別荘の中を歩き始めた。葵はおびえているだろうか。なんとかここから脱出する方法を模索しているに違いない。葵の清楚《せいそ》な美しさを思い浮かべながら、諒一は自分の闘争本能に火をつけていた。階段を下りきると、諒一は広間に人影を認めて足を止めた。

葵か？　自分から出てくるとはいい度胸をしている。諒一はついと葵の前に進み出た。

「自分から姿を現してくれるとはね。覚悟ができたのか？」

「隠れても無駄だって思っただけ。あなたに捕まるつもりはないもの」

くっきりと大きな瞳は、妹のナツキにそっくりだった。意志の強そうな顔は、相手に威圧感を与える。美人であることは誰しも認めるだろうが、言い寄る男は自分に自信のあるタイプだけだろう。

「そうか。だが、残っているのはお前だけだぜ。葵お嬢さんよ」

「なんですって？　それじゃみんなは……」

葵は少しも取り乱した様子は見せなかった。だが、なにが起きたかは想像がついたようだ。諒一は意地の悪い笑みを浮かべながら答えた。

「お前の友達や妹がどうなったか知りたいか？」

葵は沈黙を続けている。諒一は楽しそうに話しだした。

「お前の妹はな、なかなか楽しませてくれたよ。あばれんぼうでな。だが最後にはわめきながらも、よがってたぜ」

葵は諒一をにらみつけている。諒一は臆《おく》するふうもなく、葵の反応を楽しむように先を続けた。

「及川はな、自分から俺に頼んできたんだ。抱いてくれ、壊してくれってな。それから瑠璃子と茗子だが、二人とも十分楽しんでくれたと思うぜ」

「全員を襲ったの？　まさか？」

「ああ、そうだ。四人ともメチャクチャに壊してやったさ。起き上がれないくらいにな」

葵は諒一の言葉に目を剥《む》いた。顔が怒りで紅潮している。

「最低。なんてひどいことを。あなたはなんのためにこんなことしたの？　自分の快楽のため？　それだったらたんなる変態よ。犯罪者じゃない。教師のふりをした強姦魔《ごうかんま》だわ」

「それはお前の父親のことだ。いやお前たちのと言った方が正確だろう」

「なんの話をしているの。私の父がなにをしたって言うの。あなたは自分のしたことを分かっているの？」

　葵の顔に浮かんだ嫌悪の表情を見たときに、諒一は残酷な気持ちが湧きあがってくるのを抑えきれなかった。

「変態、犯罪者、強姦魔。まさにそれがお前の父親なんだよ。いいか、よく聞けよ。俺の妹はお前たちの父親に犯されあげく、車で何度も轢《ひ》かれたんだ。お前に言いたい。それが人間のやることとか。俺の妹は廃人同様だ」

「嘘《うそ》。父がそんなことやるはずはないわ。証拠でもあるの」

「ああ、もちろん。でなきゃ俺だってこんなことはできない。俺はお前たちの父親と違って、なんの社会的な力も持っていない人間だ。復讐するにはこの方法しかなかった」

「信じられないわ。あの父が、そんな……」

「さあ、おしゃべりはたくさんだ。そろそろ始めようか」

　葵が一瞬息を呑むのが分かった。覚悟はしていてもいざ現実に自分の身に起きることを考えると、すうっと血の気が引いていくのだろう。

　諒一はうまくタイミングを計って、いきなり葵の着ているブラウスを力任せに引き裂いた。ボタンが音を立ててはじけ飛ぶ。

　きれいな形をした鎖骨があらわになった。葵はあわてて胸元を隠そうとするが、諒一はその手をねじりあげてテーブルの上に押さえこんだ。

「ほら、いつものように偉そうに説教をしてみろよ。ええ、クラス委員の葵さんよ」

諒一は目を閉じて顔をそむける葵に唇を重ねた。いきなり舌を入れようとすると、悲鳴をあげて逃げようとする。

「なんだお前キスも初めてなのか？　ずいぶんお堅いんだな。もったいないぜ」

葵は嫌悪感に満ち溢《あふ》れた表情で諒一の顔をじっとにらみ返したあと、思いきりつばを吐きかけた。諒一は平然と顔をぬぐったあとに冷たく言い放った。

「いい度胸しているじゃないか。その潔癖なお嬢さん面をいつまで続けられるかな」

諒一は葵がかすかに震えていることに気がついていた。諒一はまず葵をソファに押し倒してスカートをめくり上げた。白いすんなりとした足があらわになる。諒一は顔中を舐めまわしたあとに、服の上から尻をさすり、もう一度太股を撫でまわした。

「いや、汚らわしい。気持ち悪い。はなしてよ」

「気持ち悪いってのはいいね。そのうち気持ちがよくなるから安心して待ってろよ」

諒一は葵を押さえつけたまま、パンティの上から、布越しにぷっくり膨らんだ秘唇に指をはわせたり、つまんだりした。

「うっ、む、ん」

葵は唇を噛み締めてなんとか屈辱に耐えようとしている。頃合を見計らって、パンティをひきずりおろした。黒々としたヘアの奥に、サーモンピンクの陰唇がのぞいている。

淫核をもむように愛撫しても、秘裂を指で撫で上げてもいっこうに濡れてこない。諒一はいきなり葵の股間に顔をうずめて、舌で葵の敏感な突起をねぶりはじめた。

「気持ち悪い。う、変態……」

ほとんど濡れない葵の秘部に諒一はたんねんに唾液《だえき》を塗り付けていった。スムースに入れて動かすにはまだ湿り気が足りなかったが、諒一はベルトをはずしてズボンを下げると、ぐんぐんと勢いよく勃起しているペニスを葵の眼前にさらした。

「これをお前の中に入れてやるからな」

諒一は低く笑うと、肉襞を指で広げてから、ピンク色の内部を思いきり広げてから、亀頭をぐいとねじ入れた。

「う……うく……いっ……！」

葵はむなしい抵抗を試みるが、しだいに痛みのために動きが緩慢になる。ほとんど濡れていないうえに、セックスの経験がなければ痛いのは当然だ。亀頭がまるで膣を切り裂く凶器のように感じられることだろう。

ペニスは当然のごとく押し戻される。それを無理やり押し込んでいくのを諒一は楽しんでいた。

「いた、痛い！　あ、あ、あああ」

葵のきつく閉じられた瞳から涙がぽたぽたと落ちていく。かすれた声で苦痛を訴えてい

る。

「少し我慢が足りないぞ。お前の中にぎりぎり入っていくのが分かるだろう」

ペニスの先端で葵の内部をえぐるように諒一は腰を使いつづけた。大きく腰を引いて思いきり突き入れると、葵が絶叫し、内部の抵抗が粉砕された感覚があった。

ずぶずぶと根元まで楽に入っていく。葵の純潔は無惨にも打ち破られたのだ。

「うぐぐ、むう、ううう……」

葵は身体を波打たせて悶《もだ》えている。よほど苦痛がひどいらしい。内部はいまだに愛液も少なく、きしむように男根が狭い膣をこすりあげる。

「うう、き、きつい……な…」

諒一はうめくように言った。葵にとっては身体の奥に真っ赤に焼けた鉄の棒を突っ込まれたようなものだろう。身をよじるようにして、苦痛に耐えようとしているのが分かる。

諒一が腰を動かすたびに、聞き取れない言葉を発して、頭を左右に揺らしながら苦悶《くもん》の表情を浮かべている。

清純そのものの葵が、太いペニスを打ちこまれて喘いでいる姿は、諒一の嗜虐本能を刺激した。葵の悲鳴を聞き流し、くびれた腰に手を当てて、大きく開かせた脚のあいだに腰を思いきり打ちつけてやる。

「うっ……いつっ……あっ……」

きつく目を閉じて首を振って苦しむ葵の子宮口に、亀頭を叩《たた》きつけるようにして抽送をくりかえす。赤い肉襞がそのたびにめくれあがる。

諒一は葵の肉体の奥の奥まで蹂躙《じゅうりん》しつくす勢いで、ペニスをふかぶかと挿し込んでいく。葵はこれ以上は不可能と思えるくらいに上半身をそらして、痛苦にゆがんだ顔でうめきつづけた。

引きぬくときにペニスにべっとりと血がついていた。破瓜《はか》のものなのか、膣を傷つけたのかはわからないが、諒一はかまわず腰をグラインドさせた。

「ひぐっ、うっ、うっ……ぐっ……はうっ！」

葵はこれほどまでに痛めつけられても、ときたまかっと目を開いては諒一をにらみつけた。諒一はさらに激しく腰を使い始めた。苦痛に悶える葵には、一種の壮絶な美しさがあり、諒一の興奮を極限まで高めた。

絶頂が近づいたとき、諒一は突然ペニスを引きぬいた。粘液でどろどろになり、ビクンビクンと脈打つ男根を葵に見せつけたあと、諒一はたまらずに射精した。

精液が葵のはだけられたブラウスやブラジャーに飛び散っていく。

「あ、いや。きたない」

精液の生臭さに、葵は辟易《へきえき》しているようだった。屈辱感からか、堰《せき》が切れたように涙をぽたぽたとこぼし始め、うつむいたまま諒一が顔になすりつけるペニスを放心したように見つめていた。

諒一はそんな葵を満足そうに見つめていた。奈々、これでいいんだろう？　俺はやってのけたよ。もちろん葵も完全に壊すまでやるつもりだが。

「うっ……げふっ……。気持ち悪い」

葵はそう言うと、突然嘔吐《おうと》を始めた。精液の匂いが身体中にまとわりついているような気がして、嫌悪感が吐き気を誘う。葵は床に突っ伏したまま吐き続けた。

諒一は、疲労を感じていた。ここまで奈々の復讐のために夢中でやってきたが、最後になって少し気が抜けたような気がした。だが、葵を完全に壊すまでは復讐は完成しない。

広間から葵を引きずって、台所まで連れてきた。

地下へ通じる階段を見ると葵は初めて恐怖を感じたらしい。必死に抵抗しようとしたが、十分な力は残っていなかった。

「こっちへ来い。そうだゆっくり降りるんだ」

諒一は地下のベッドルームに葵を連れていった。途中で小部屋のドアを開け、なかでうずくまっているナツキに声をかけた。諒一を見るナツキの目におびえがはしったが、素直に部屋から出て後についてきた。

「あなた、いったいなにをするつもりなの。もう私の身体は十分楽しんだじゃない」

「いいや、まだ十分じゃない。これから俺がなにをするか分かるか？」

「分かるわけないじゃない。あなたみたいな人の考えることなんて」

葵はそう言うと憎悪と怒りのために燃えるような目で諒一を見た。

「ナツキ、そいつを押さえつけるんだ」

ナツキはこくりとうなずくとベッドのうえに上り、いきなり葵をうつぶせにして押さえつけた。スポーツで鍛えたナツキの腕力の前では、葵はひとたまりもなかった。

「いい子だナツキ。そのまま葵を押さえてろよ」

「ナツキ！　あなたナツキになにをしたの？」

諒一は葵の問いを無視して、ベッドの脇の棚の中からガムテープを取り出した。後ろ手にしてぐるぐるとテープを巻いて両手を固定してから、両足を同じようにガムテープで縛り上げた。葵は芋虫のような惨めな姿でベッドに転がされていた。

諒一は葵がにらみつけているのを無視しながら、ナツキに命令した。

「服を脱げ！」

ナツキが泣きそうな顔をした。

「聞こえないのか？　服を脱げと言ったんだ。全部脱ぐんだぞ」

諒一の言葉にナツキはうなずくと、順番に脱いでいった。最後のパンティを脱ぐときだけは一瞬のとまどいを見せたが、それもすぐに脱いで生まれたままの姿で諒一の目の前に立った。

「葵にお前がされたことと同じことをしてやれよ」

ナツキはベッドに上って、葵に近づいていく。諒一はそれを横目で見ながら、傍らの引出しから、黒々と光るグロテスクな淫具を取り出した。ベルトの両側に、それぞれ大きな張形がついている。ペニスバンドだ。

「じっとしてろ。お前の腰にこいつを付けてやるからな」

よつんばいになっているナツキの腰にベルトをまわしてから、片一方の張形を蜜壺の入り口にあてがった。ナツキの秘裂をかきわけて、張形の先でかるくつつくと、もうじんわりと粘液が奥から染み出してきた。諒一はいきなり張形をナツキに挿入した。そうしておいて、ベルトをしっかりと固定した。ナツキの股間からはもう一本の黒い大きな張形がそそり立っている。

「んあああああっ!」

ナツキがあられもない声でよがる。葵の目が驚きのために見開かれる。

「だめ。なんてことするの。やめなさい」

「ナツキ、おまえだけよくなるなよ。葵も楽しませてやるんだ。姉妹仲よく気持ちよくなるなんて素晴らしいじゃないか」

こっくりとうなずいたナツキは葵の制止を無視して、ブラウスをたくし上げ葵の乳房をあらわにした。ツンと尖った、形のいい乳房がむきだしになった。

「いやあぁぁぁ。どうしたの、ナツキ。なんてことするの」

　葵は縛られた身体で暴れるが、どうすることもできない。ナツキは葵の乳房に舌で愛撫を加え始めた。乳首を探し当てると舌で転がしたり、チュウチュウと吸いまくる。

「……ナツキ……」

　葵は妹の壊れた姿に衝撃を受けたように唇をかんだ。

　諒一はナツキがもっと葵を自由に愛撫できるように、葵の足に巻いてあるテープをはがしてやった。ナツキはさらに葵のスカートをたくし上げ、パンティを脱がせにかかった。

「よく濡らしてやれよ。入れるとき痛がるからな」

　ナツキは葵の股間にためらうことなく顔をうずめた。

　諒一はナツキの膣にうめこまれている張形をさらにふか

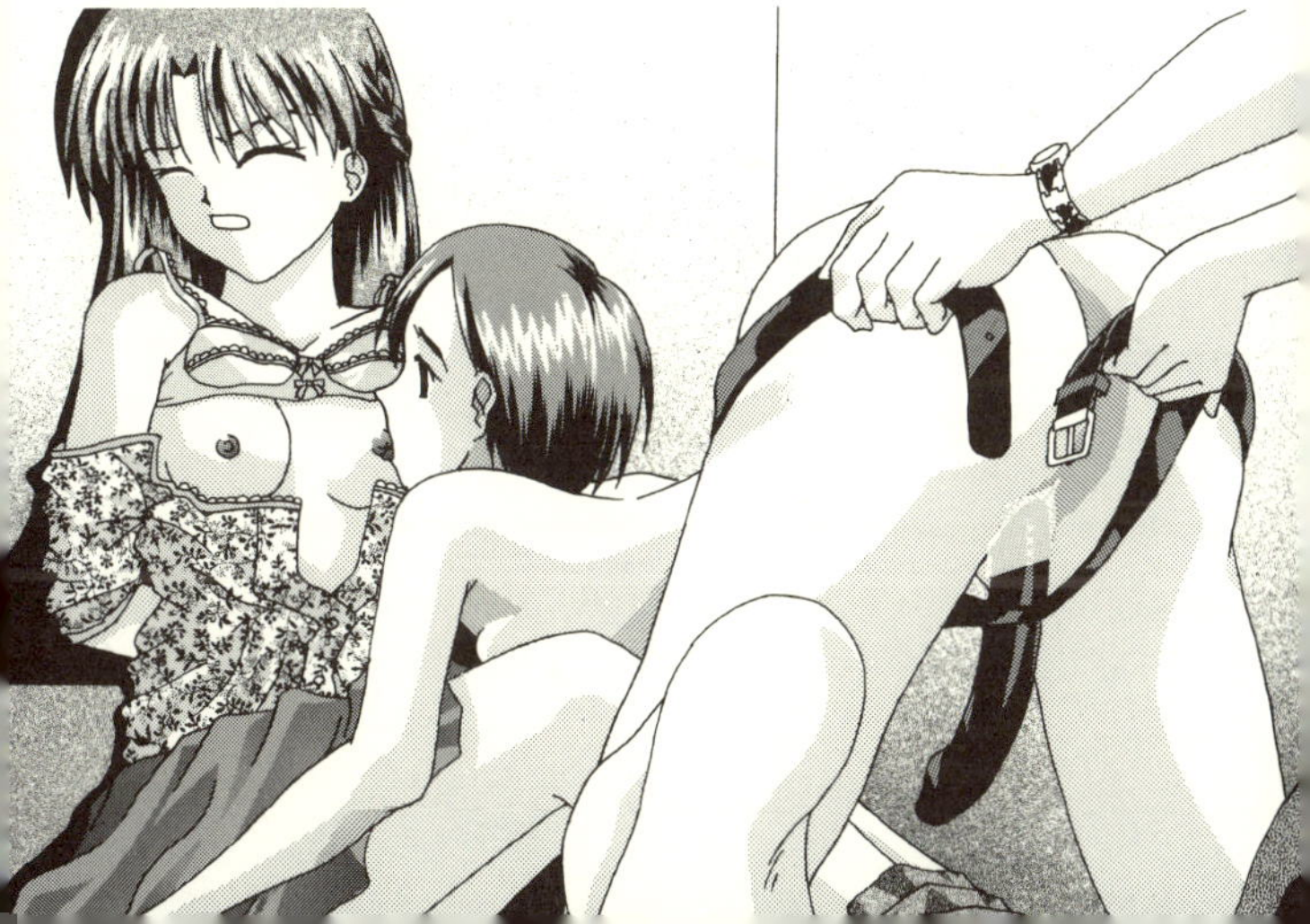

く突き入れた。

「んぁんんんっ！」

ナツキが子犬のような声を出して泣く。ぐりぐりと張形を回してやると大量の愛液が滴り落ちてきた。

「ほら、口がおろそかになってるぞ。もっとよく舐めるんだ」

ナツキの舌が淫核を探り出して、上下にはじくような愛撫を執拗に続けた。

「うっ、だめ。ナツキ、やめて。だ、だめぇ……」

ナツキの舌が今度は葵の淫道の入り口をぺろぺろと舐めまわしている。葵の頬がしだいに紅潮してくるのが見て取れた。諒一はナツキに囁いた。

「さあ、その大きなヤツで、お前の姉さんをたっぷりと楽しませてやれよ」

ナツキは膝だちの姿勢になって、葵を見下ろしている。股間には張形が黒々とそそり立ち、異様な光景に葵が息を呑むのが分かる。

「だめよ、ナツキ。ナツキ、目を覚ましなさい！」

ナツキは葵の股間を張形の先で愛撫し始めた。しばらく楽しんだあと、ゆっくりとナツキは葵の蜜壺に張形を沈め始めた。

「ナツキ、やめて、こんなこと！　こんなことしちゃだめなのよ！　私たちは姉妹なんだから」

ナッキはかまわず葵の中に入れようとする。葵の中に入れた張形が受ける抵抗が、ナツキの中に入っている張形に伝わり快感をいやがうえにも高めるため、ナツキは自分のさらなる快感を求めて、葵の中で夢中で腰を動かしていた。

「いたっ」

葵は、自分の快感のためにめちゃくちゃに腰を動かすナツキの乱暴な愛撫で、膣に激しい痛みを覚えていた。

「んあああ、あう、あう、あうううう」

ナツキは自分の体内にある張形に自身の膣がえぐられるたびに、えもいわれぬ快感が身体を貫くので、うめき声を上げながら忘我の境をさまよっている。

二人の身体は性具でつながっていたが、葵は苦痛にあえぎ、ナツキは悦楽に溺れるというふうに、それぞれの感覚は別方向に引き裂かれていた。

「きもち…いいよ……もっと……もっと……もっとぉっ!」

ナツキがそう叫ぶと葵が鋭い悲鳴を上げた。

「いやああ、痛い。痛い。いたああ……」

諒一は対照的な二人の反応を楽しみながらナツキに声をかけた。

「手伝ってやるよ」

諒一の言葉を聞いてナツキは不思議そうな顔で振りかえった。言葉の意味が分からないのだろう。諒一はナツキの尻のペニスバンドを手でずらした。ベルトの隙間《すきま》から見える陰唇は妖しく濡れて光っている。諒一は指先に蜜を拭《ぬぐ》い取って、ナツキの菊座に塗りつけた。

「あぁん、あっ……ん」

菊座を刺激されて、ナツキは肩で大きく呼吸しながら甘いよがり声を上げる。抑えきれぬ喜悦の声を漏らしながら、ナツキは執拗に腰をゆすりたてていた。

諒一は準備が整ったのを感じ取ると、ナツキの尻を大きく押し広げてペニスの先端をアナルにあてがった。ゆっくりと先端をうずめていく。

「んんんん！　あぁぁぁ！」

ナツキは声を上げて頭を後にそらせた。瞳にかすみがかかったようになり、虚空を見つめてうめきつづけた。菊座はすでに一度貫通しているので、諒一のペニスには抵抗感はさほど与えなかったが、薄膜一枚へだてて張形と擦りあう感じがいやらしい。

諒一はアナルに挿入した肉棒をそろそろと動かし始めた。

「うう、くふふぅ、は、は、はぁ」

ナツキの異常な昂ぶりを見て、葵が咎《とが》めるような視線で諒一を見た。

「ナツキになにをしたの？」

「尻の穴に入れてやっているのさ」

葵は驚きのあまり声も出ない。

「ほら姉さんが退屈してるぜ。もっと腰をゆするんだ」

ナツキは葵の中に挿入している淫具を、息を喘がせて抽送しつづける。諒一はナツキの尻の穴の感触を楽しんでいた。根元が締め付けられるような感覚はアナル独特のものだ。諒一が腰を激しく使うと、二人の少女が折り重なったまま声を上げる。

「んん、あう、うう……はぁ……」

「痛い、痛ぁっ……痛」

対照的な声を上げながら、汗まみれの裸身で動きつづける二人の美しい身体を見ているうちに、諒一は最後の瞬間が近づいていることを悟った。

ナツキのアナルの中を乱暴にかきまわす。頭の芯が痺《しび》れるような快感が背筋をのぼってきた。ナツキの身体がぴくぴく震える。

「んぁあああんんっ！」

ナツキが身体を大きくそらせたとき、諒一の燃えるように熱い精液が、肛道の中にどくどくと注ぎ込まれた。

ナツキは長いオーガズムを迎えていた。苦しげな表情で喘ぎつづける。諒一もすぐにはペニスを抜かずに、ナツキを存分にいかせてやった。のぼりつめたあと、ナツキは全身をびくびくと痙攣させ、甘美な吐息を漏らした。

ナツキとは対照的に葵はシーツに爪《つめ》を立てて、苦悶の表情を浮かべている。しばらく二人は身体を重ねたまま、荒い呼吸を繰り返していた。

葵がふいに嗚咽を漏らした。それはナツキがはじめて見た葵の涙だった。

「お姉ちゃん、どうして泣いてるの？」

幼児のように同じ言葉をくりかえすナツキを葵はじっと見つめていた。

諒一はナツキを小部屋に帰すと、葵のところに戻った。葵は憔悴《しょうすい》しきった顔をこちらに向けた。

諒一は引出しを開けて、小さな薬瓶を取り出した。ガラスを透かしてみると、どろりとした液体が入っている。

情報屋が、使いすぎるなと言った強いクスリだ。無理やり葵に飲ませると、葵はひどくむせて、しばらく呼吸ができなかった。

葵をベッドに寝かせて、アイマスクをかぶせると、諒一はブラウスの残ったボタンをひきちぎって、再びツンと尖った乳房を取り出した。

愛撫を加えると乳首が固くなり、葵の抵抗が弱まってきた。どうやらクスリが効いてきたらしい。諒一はパンティを脱がせて、陰唇をなぞってみた。クリトリスを舌でつつき転がして強く吸ってみると、ついに葵の内部から愛液がじんわりと滲《にじ》み出してきた。

「あうっ、ん、んんっ。やあん！」

「ずいぶん感じるようになってきたな。いやらしい顔になってきたぞ」

「ちがう！　こんなの私じゃない。絶対ちがう」

懸命に否定するが、蜜壺の中に入れた指を肉襞が微妙に締めつけてくる。一本を三本にしてこねまわすと、葵の腰が浮き出した。

「ひぐっ…う…ちがっ…違うの…」

葵の額から汗が染みだし、呼吸が荒くなって瞳がとろんとしている。身体の芯が疼《うず》いている証拠に愛液でシーツにしみができている。

「なにがほしいんだ？　指か？　違うよな。はっきりと言ってみろ」

葵はしばらくためらった後に、諒一の股間に手を伸ばした。

「これが……欲しいのっ！」

諒一は葵からアイマスクをはずして、淫乱な表情に変わった新しい葵を見つめた。思いきり脚を開かせて、ずぶりとペニスを入れるとさっきまでとはうってかわってうれしそうに体を開いた。

「ひ、あ、ふぁ、ん、ん、ん、ん」

自分から下腹を擦りつけて、濡れた膣肉で諒一のペニスをこすり上げてくる。葵は内心こんなのは私ではないと思いつつ、昇りつめていく自分を統御することができなかった。

諒一は達する寸前にペニスを引きぬき、葵の口を無理やり開けさせた。ぴゅうとペニスから吐き出された精液が、葵の口の中に飛び散る。

「全部飲めよ。最後の一滴まで残さずに」

葵の白い喉がごくごくと精液を飲み干していくのを満足そうに諒一は見ていた。

「おいし…かった」

「気持ちよかっただろ?」

「すごくすごく……気持ちよかった」

ぼんやりとした頭で葵は考えていた。クスリを使われたとはいえ自分から求めたのは事実だ。自分がいちばん嫌いな女になってしまった。だが葵は自分の股間をまさぐりながら、もっともっと欲しいと思っている自分にも気がついていた。

諒一が葵を小部屋に連れて行くと、そこには壊された少女たちが、うつろな目をして、だらしなく座りこんでいた。鍵をかけてから諒一はベッドルームに戻り、無言のままベッドに横たわって休息を取った。

奈々、復讐はいちおう終わった。お前を襲った奴らにつぐないはさせてやった。少し休ませてくれ。これからのことは起きてから考えるとしよう。

エピローグ

諒一は外から聞こえてくる物音で目を覚ました。ドアを開けると、あの情報屋が少女たちを引き連れて、地下室から出て行くところだった。

「どういうことだ。なにをしているんだ！」

情報屋はにやりと笑った。

「気がついたか。それじゃしかたないな」

「そいつらをどこへ連れていくつもりだ？」

「車で病院へ運んでやろうと思ってな。みんな壊されちまったみたいだからよ、あんたに」

「勝手なことするな。お前になんの権利があるっていうんだ」

「俺はな、あんたの味方だよ。でもな、こんなことに関わるのが反吐《へど》が出るほどいやになったんだ。もうこんな糞《くそ》みたいなことに首を突っ込みたくないんだ」

「どういう意味なんだよ」

「そこをどいてくれ。このお嬢ちゃんたちを病院へ連れていく」

「この、正義の味方面した悪党が！」

情報屋は、立ちはだかる諒一の身体を突き飛ばした。諒一はふいをつかれて背中を後ろに置いてあった棚に打ちつけられた。そのはずみにガムテープや工具などに混じって、なにか小さな機械のようなものが落ちた。

「ん？　なんだ、これは？」

情報屋の顔色が変わった。諒一はそれを拾い上げた。ＣＣＤカメラ……。

「なんでこんなものがここにあるんだ」

諒一は問いかけながら、まるでジグソーパズルの最後のピースをはめたときのように、すべてがはっきりとしてくるのが分かった。ゆっくりとカメラを踏み潰してから、情報屋のほうに向き直った。

「説明してもらおうか。誰に頼まれたんだ？」

「もう分かっているだろう。だがその前に、このお嬢さんたちをあんたの車に連れていってていいか。これ以上ひどい話を聞かせたくない」

「ああ。いいとも。ずいぶんやさしいんだな」

情報屋は笑わなかった。むしろ悲しげな顔で少女たちを連れて地下室から出ていった。

諒一は静かに情報屋が帰ってくるのを待っていた。

「待たせたな。俺が逃げるとは思わなかったのか」

「いや、あんたは逃げない。今のあんたは自分を死ぬほど恥じている。本当のことを話さないでここから消えることはできない」

情報屋は初めてまっすぐに諒一を見た。いつもの薄笑いはまったく影を潜め、下卑た感じも消えていた。

「そうだ、あんたの想像通りだ。奈々ちゃんを襲った奴らに頼まれたんだよ。自分たちの娘を使った飛びきり面白いゲームを考えたから、手伝いをしてくれって」

「それじゃ、俺がしたことはすべて……」

「あいつらの筋書き通りだってことだ」

諒一は頭の中が、がんがんし始めていた。情報屋は心配そうに諒一を見ている。

「あんたはなぜ今になって、やつらを裏切ってすべてを俺に教えたんだ」

「もういやになったのさ。俺は元刑事だ。上司とトラブルを起こしてやけになって辞めたとき、弁護士の串田に拾われたんだ。最初は事件の背後関係を調べたりするまともな仕事をしていたんだ。だが、あいつらがあんなゲームを始めたとき、俺は無理やり協力させられた」

「断れなかったのか？」

「カネだよ。俺にはほかに食っていく道がなかった。それに俺の心も腐っちまっていたからな。だが、自分の娘に手を出すに及んで、俺もあいつらに吐き気がしてきたんだ。あんたがまともに復讐《ふくしゅう》しようとすればするほど、自分が糞に思えてきた」

「あんたは知りすぎている。命が危ないぜ。裏切ったりしたら」

情報屋は笑った。おもむろにジャンパーのポケットから拳銃《けんじゅう》を取り出した。

「蛇の道は蛇ってな。ただでやられはしない。その前にこちらからやってやるさ」

「俺にやらせてくれないか。やつらに本当のつぐないをさせてやりたいんだ。俺は娘たちを壊した。だが、それも奴らのシナリオ通りだったなんて、胸糞が悪くなる。俺にはやつらを罰する権利がある。いや壊した少女たちに対する義務がある。やらせてくれ」

情報屋は静かに考え込んでいた。やがて重々しく口を開いた。

「あんた人間を殺せるかい？」

「今ならできる。俺はやつらを殺すことができる」

諒一はなんの気負いもなく答えた。胸の奥底からこみ上げてくる怒りの激しさは、あの男たちを殺すことでしか鎮めることができない。

情報屋は黙ってリヴォルバーを諒一に手渡した。

「使い方は教えよう。オートマティックと違って簡単だ。やつらの居場所もわかっている。車は俺のを使えばいい。成功を祈ってるぜ」

情報屋はそう言うと諒一の手を握った。諒一は一瞬奈々のことを考えた。これであいつのそばに行けるかもしれない……。奈々がうれしそうに笑っているような気がした。

完

あとがき

　自分の愛する人が、理由もなく傷つけられる。主人公が放り込まれるのは、きわめて不条理な世界です。しかし、今の世界はこういう不条理に満ち満ちているのではないでしょうか。そういう意味では、このゲームには確実にリアリティがあります。

　きわめて現代的な状況の持つ、一種のやりきれなさのようなものが、根底に流れているような気がするのは、深読みのしすぎでしょうか。

　とまあ、難しい話はここまでにして、やっぱり女の子。このゲームに登場するのはかわいい女子校生ばかりです。性格も容姿もバラエティに富んでいて、書いていてとても楽しめました。読者のみなさんも、きっと好みの子がいたはずです。

　そんな女の子が、こんなことやあんなことしてしまうなんて、本当にいいのかな、なんて思った人も多いはず。

　いいんです。ゲームや小説というジャンルでは、私たちの想像力を規制することはできません。思いきり性的な妄想にふけることは、人生最大の楽しみのひとつだと思います。

　ノヴェライズにあたっては、少しハードボイルドな味付けをしてみました。そのあたりを楽しんでいただけたら、書き手としての喜びこれにまさるものはありません。

大倉邦彦

ツグナヒ

2000年3月1日 初版第1刷発行

著　者　大倉 邦彦
原　作　ブルーゲイル
原　画　鋼丸

発行人　久保田 裕
発行所　株式会社パラダイム
〒166-0011 東京都杉並区梅里2-40-19
ワールドビル202
TEL03-5306-6921 FAX03-5306-6923

装　丁　林 雅之
印　刷　株式会社秀英

乱丁・落丁はお取り替えいたします。
定価はカバーに表示してあります。

Printed in Japan 2000

〈パラダイムノベルス新刊予定〉

82.淫内感染2
～鳴り止まぬナースコール～
ジックス　原作
平手すなお　著

城宮総合病院で繰り広げられる、看護婦たちの饗宴はまだ終わらない。坂口と奴隷たちとの、淫靡な夜…。

83.螺旋回廊
ru'f　原作
島津出水　著

レイプがテーマのホームページを見つけた祐司。そこに自分の情報が流出したとき、身近な女性が犠牲になるレイプ事件が起こる。

84.Kanon
～少女の檻～
Key　原作
清水マリコ　著

『kanon』第3弾。祐一の先輩・舞は、夜な夜な学園の魔物と戦い続けていた。彼女だけが見える敵とは？